KB102184

강서울 현대 판타지 소설

MODERN FANTASTIC STORY

탑스타의
재능 서고

탑스타의 재능 서고 2

강서울 현대 판타지 소설

초판 1쇄 찍은 날 § 2021년 3월 19일
초판 1쇄 펴낸 날 § 2021년 3월 26일

지은이 § 강서울
펴낸이 § 서경석

총괄팀장 § 노종아
편집책임 § 박현성
디자인 § 공간42

펴낸곳 § 도서출판 청어람
등록번호 § 제387-1999-000006호
등록일자 § 1999. 5. 31
어람번호 § 제1-3126호

주소 § 경기도 부천시 부일로 483번길 40 서경B/D 3F (우) 14640
전화 § 032-656-4452 팩스 § 032-656-4453
http://www.chungeoram.com
E-mail § chungeorambook@daum.net

ISBN 979-11-04-92329-6 04810
ISBN 979-11-04-92327-2 (세트)

도서출판 청어람

2

강서울 현대 판타지 소설

MODERN FANTASTIC STORY

탑스타의
재능 서고

탑스타의
재능서고

목차

제1장

마이픽

저벅저벅.

여느 때와 같은 널찍한 강당이지만, 오늘따라 유난히 고요했다.

원래대로라면 장난을 걸어왔을 도영도 초조한 얼굴로 침을 삼켰다.

"자, 여러분."

강주원이 어두운 표정으로 입을 열었다.

'마이픽'의 첫 번째 탈락자가 나오는 날.

몇 명의 연습생이 탈락할지도 아직 정해진 바가 없었다.

그나마 상위권에 안착해 있는 상준과 달리, 하운의 얼굴은 훨씬 어두웠다.

30위권을 오고 가고 있어서였다.

"괜찮을 거야."

상준이 넌지시 말을 던졌다.

그 순간, 강주원의 입이 떨어졌다.

"네. 오늘 1차 탈락자를 발표할 예정입니다."

마음이 편치 않은지 잠겨 있는 목소리다.

"발표할게요."

강주원은 대본을 손에 움켜쥔 채, 착잡한 표정으로 입을 열었다.

"두 번째 라운드의 진출 인원은……."

몇 명일까.

가만히 지켜보고 서 있던 상준의 속도 타들어갔다.

강주원이 떨리는 목소리로 마침내 말을 던졌다.

"총, 30명입니다."

곳곳에서 탄식이 튀어나왔다.

56명 중에서 절반 가까운 인원을 떨구겠다는 소리다.

사방에서 웅성거리기 시작했다.

"뭘 이렇게 많이 떨어져."

"하, 나 이번에 떨어지는 거 아냐?"

"제발……. 제발."

상준은 지그시 입술을 깨물었다.

"어떡해요, 형."

하운이 초조한 목소리로 입을 열었다.

중소 엔터에 불과한 이에스 엔터테인먼트.

이번에 데뷔를 실패하게 되면, 언제 데뷔하게 될지 기약조차 없다.

그렇기에 더욱 간절한 하운이었다.

"지금 발표하겠습니다."

상준은 하운의 어깨를 토닥이며 고개를 들었다.

긴장감을 위해서인지, 마지막 30위를 제외한 발표가 시작되었다.

"29위 김정훈, 28위 안재민……."

강주원이 침착하게 발표를 이어나갔다.

그렇게 20위까지.

"아."

초조한 얼굴로 두 손을 모으고 있던 하운의 얼굴이 어두워졌다.

30위권을 오고 갔던 그다. 아직까지 자신의 이름이 뜨지 않으니 반쯤 낙담한 얼굴이었다.

그런 하운의 앞에서는 어정쩡한 언변술조차 독이었다.

"17위 엄유찬."

"12위 차도영."

다행히 높은 순위에 안착한 멤버들이 앞으로 나갔다.

데뷔 조에 들지 못하더라도 인지도를 올리는 게 최대 목적이라며.

조승현 실장이 입이 닳도록 말한 터였다.

도영은 제 순위에 만족하는지 싱긋 웃으며 소감을 밝혔다.

"항상 열심히 하는 차도영이 되겠습니다!"

도영은 특유의 애교를 선보이며, 카메라를 향해 손가락 하트를 날렸다.

'넌 귀척을 잘하잖아.'

나쁜 의미로 한 말은 아니었지만, 상준의 눈이 정확히 맞았다.

지난주 순위와는 다르게 또 크게 반등한 순위.

저 매력 덕분에 벌써 은근히 팬덤을 몰고 있었다.

이어서 유찬도 마이크를 붙들고 감사 인사를 전했다.

"저는 개인기를 보여 드리겠습니다! 새 성대모사입니다."

"오오."

"까아아악. 이상입니다."

내 동료의 비즈니스.

상준은 충격 어린 얼굴로 유찬을 돌아보았다.

늘상 무표정으로 앉아 있던 녀석이 까마귀 성대모사라니.

'지나가던 까마귀가 웃겠네.'

정말 1프로도 까마귀를 닮지 않았지만, 강주원은 영혼 없는 목소리로 말을 맞췄다.

"이야, 잘하네요."

원래의 강주원과는 퍽 다른 모습.

오늘은 그조차도 온전히 밝은 기운을 끌어내지 못했다.

아직 이름이 불리지 않은 수많은 연습생들이 있었으니까.

'방송은 방송답게.'

어둡고 칙칙한 면만 보여줘서는 안 된다.

감동은 그다음이고, 합격한 연습생들의 행복한 얼굴을 더 많이 담아가는 게 방송이니까.

그걸 알지만, 마음이 쉽지가 않다.

강주원은 착잡한 심정으로 발표를 진행했다.

"9위 양윤석. 8위 서재원……."

이쯤 되자, 하운은 울먹이며 고개를 숙였다.

"떨어졌나 봐……."

하운이 얼마나 열심히 했는지, 상준은 알았다.

포기할 것만 같던 순간에도, 결코 연습을 내려놓지 않았던 녀석.

바로 코앞에서, 그런 녀석의 노력을 봐왔다.

"마음 비워야겠다."

이제 정말 가망이 없다.

하운은 무릎 위로 고개를 파묻었다.

잔인한 승부의 세계다.

누군가를 짓밟고 올라서지 않으면 데뷔할 수 없는 잔인한 세계.

상준 역시 가라앉은 심정으로 고개를 떨구고 있을 때였다.

강주원이 그를 지목했다.

"나상준 연습생, 서재진 연습생. 앞으로 나와주세요."

끼익.

상준은 의자에서 일어나, 단상으로 올라섰다.

이 단상에서 예전에도 서재진과 마주한 적 있었는데.

한 달 가까운 시간이 흘렀고, 이렇게 다시 마주 보게 되었다.

"이 자리에 계신 두 분 중 한 분은 1위의 자리에 앉게 됩니다."

강주원의 한마디에, 서재진의 눈길이 타올랐다.

유난히 푹신해 보이는 꼭대기의 의자.

그 의자를 갈망하는 눈빛이다.

"한마디 각오, 말해주시죠."

강주원의 진행에, 서재진이 강렬한 눈빛으로 마이크를 움켜쥐었다.

"제가 꼭 1등을 하도록 하겠습니다."

눈앞의 상준을 반드시 이기고야 말겠다는 눈동자.

의욕이 넘치는 컨셉인 척 넘어가는 모양이지만, 상준은 알았다.

저건 진심이다.

그리고 상준도 진심이었다.

상준은 침착한 얼굴로 입을 열었다.

"저는 1등을 하지 않아도 괜찮습니다."

"어……?"

예상 밖의 반응에 서재진이 멍한 눈이 되었다.

「위대한 언변술」의 재능 덕에, 흡인력 있는 상준의 목소리가 강당을 울렸다.

"저는, 1위보다 바라는 게 있어서요."

"뭔데요?"

강주원이 놀란 눈으로 물었다.

강당 구석의 이 PD는 인상을 찌푸리며 상준의 말을 들었다.

'경쟁 구도로 가려고 했건만.'

꼭 그림을 만들어놓으면 와서 헤집어둔다.

이 PD는 탐탁지 않다는 표정으로 상준을 노려보았다.

지난번 사건 이후로 분량을 확 줄여 버렸는데도, 부동의 상위권이다.

'마음에 안 들어.'

화제성으로 적당히 뽑아먹고 버리는 패였는데.

비중이 너무 커져 버렸다는 게 영 언짢았다.

마음먹은 대로 쥐락펴락하지 못하니.

'어차피 데뷔는 못 하겠지만.'

이 PD가 조소를 머금은 채 고개를 들었을 때였다.

상준의 눈길이 정확히 그를 향하고 있었다.

기분 탓일까, 아니다.

마이크를 쥔 상준의 손이 떨려왔다.

"저기 제가 아끼는 동생이 있어서요."

누구보다 열심히 연습에 참여했고, 실수 없는 무대를 선보였다.

A반에다가 실력도 충분한 연습생인데.

분량이 부족해서. 한 번도 제대로 모니터에 비처지지 않았다.

'똑바로 보라고.'

억울하고 비합리한 구조니까.

누가 좌절하고 누가 아파하는지, 직접 보라는 의미에서.

상준은 이 PD와 하운을 번갈아 바라보았다.

"그 동생과 같이 올라가고 싶습니다."

*　　　*　　　*

"형, 1등 축하해요."

"크으, 역시 센터. 서재진 그 인간 완전히 이겨먹을 줄 알았다니까."

까불거리는 도영과 담담하게 축하 인사를 전하는 유찬.

서재진을 누르고 1등을 거머쥔 상준이지만, 마음 한편이 껄끄러웠다.

"하운이 어떡하지."

마지막 30위를 둘러싼 후보에는 올랐지만.

잔인한 이 PD는 애를 두 번 죽여놨다.

거기서도 떨어졌으니까.

줄곧 울먹이다 촬영장을 빠져나가는 뒷모습에, 차마 위로도 전하지 못한 상준이었다.

돌덩이라도 얹은 듯이 마음이 무거웠다.

"나, 잘한 짓인지 모르겠다."

"뭐가?"

도영이 어깨를 으쓱이며 물었다.

"이런 거 보는 거 마음이 좋지가 않아서."

"거지 같지. 봐, 지난번에 편집도 개같이 하려고 했잖아."

도영이 곧바로 욕설을 뱉어냈다.

악마의 편집으로 상준을 떨궈내리던 이 PD의 전략을 듣고선 함께 거품 물었던 도영이다.

도영은 인상을 찌푸리며 말을 이었다.

"근데, 뭔가 이상해."

"넌 뭐가 맨날 이상하냐. 네가 여기서 제일 이상한데."

곧바로 유찬의 타박이 이어졌다.

"아악!"

따스한 손길로 유찬을 단번에 제압한 도영은, 해바라기씨를 한입에 털어 넣고선 재잘댔다.

오물오물.

해바라기씨 한 움큼을 오른손에 쥔 도영이 다급히 말을 쏟아냈다.

"아니, 봐봐. 형 지금 1위잖아."

"그렇지."

이렇게 순위가 오를 줄은 아무도 예상하지 못한 바였다.

유지연 선생도, 조승현 실장도.

그리고 대표님도.

"근데 형이 1등 해서 데뷔해 버리면, 우리 어떻게 되는 거야?"

도영이 의아한 눈길을 보냈다.

"그러네?"

아프다며 등짝을 문지르고 있던 유찬도 놀란 눈으로 고개를 들었다.

상준 역시 뒤통수를 얻어맞은 듯, 멍해진 얼굴이다.

도영이 짜증 섞인 목소리로 말을 뱉었다.

"아니, 이 바보들아. 그동안 이 생각을 안 했다고?"

"…어."

"형은 성실하기만 해. 대체, 작곡은 무슨 머리로 하는 거야?"

켁.

상준은 헛기침을 내뱉으며 인상을 썼다.

돌직구를 이렇게 맞아버리니 아프다.

'절대 그럴 일은 없을 거야.'

프로젝트 그룹도 데뷔하게 되면 어떻게 되는 거냐고 물었을 때.

최태형 대표는 그런 말을 했었다.

그때는 이상하다고 생각했는데, 역량 부족이라고 여기고 그냥 넘겼었다.

그런데 지금 떠올려 보니.

"이상해. 진짜 이상해."

"형이 1등인데, 조 실장님도 아무 말도 안 하잖아. 대책이 없는 거야?"

매사에 빠릿빠릿한 조 실장이 그럴 리가 없다.

상준은 인상을 찌푸리며 한 걸음 뒤로 물러섰다.

JS 엔터에서의 데뷔는 사실상 정해져 있는 상태, 그리고 현재 '마이픽'에서 자신의 순위는 1등이다. 묘하게 이질감이 느껴지는 상황 앞에서, 상준은 그럴싸한 결론을 도출해 냈다.

"혹시, 나 강제 하차 당하는 건가."

"강제 하차?"

"뭐, 아프다든가. 그런 이유로……?"

이 PD는 작정하고 자신을 싫어하는 티를 내고 있고, 소속사에서도 '마이픽'으로 데뷔시킬 생각은 없어 보인다.

어떤 명분을 내세워 중간에 나오게 하지 않을까.

상준은 싸한 느낌을 지울 수가 없었다.

하지만, 상준의 의도를 완전히 잘못 알아들었는지.

도영이 놀란 눈으로 말을 던졌다.

"형… 아파?"

"화병이겠지, 너 때문에."

"뭐? 뒈질래?"

말을 꺼내기 무섭게 치고받기 시작하는 둘.

상준은 도영과 유찬을 번갈아 보며 한숨을 내쉬었다.

"진짜 화병 걸리겠네."

"봐봐, 형 아프다니깐."

"그게 왜 내 탓인데!"

난장판도 이런 난장판이 없다.

상준이 혀를 차며 고개를 돌렸을 때.

꼴도 보기 싫은 두 얼굴이 저 멀리서 눈에 들어왔다.

방송국 한편에 마련된 테라스.

사람들의 시선이 잘 닿지 않는 사각지대에 두 남자가 앉아 있었다.

그답지 않게 멀뚱히 서서 얌전히 말을 듣고 있는 서재진과.

언제나처럼 거만한 눈빛으로 열변을 토하는 이 PD.

살짝 열린 문틈으로 둘의 대화가 작게 새어 들어왔다.

"이번에는 크게 걱정할 거 없고."

"예."

"그냥 하던 대로만……."

비밀스러운 듯 작은 목소리로 나누는 대화에, 제대로 들을 수 있는 말은 몇 마디도 되지 않았지만.

상준은 의아한 눈길을 거둘 수 없었다.

피디와 일개 연습생이 나란히 대화를 나눌 일이 흔치는 않아서였다.

그런 상준의 상념에, 도영의 해맑은 한마디가 치고 들어왔다.

"형, 형! 오늘 실장님이 고기 쏜대!"

"고기?"

때마침 끼어든 도영의 목소리에 고개를 돌렸지만.

"자자, 어서 갑시다!"

"고기를 먹으러 갑시다!"

반쯤 질질 끌려가는 와중에도 상준의 시선은 테라스에 향해 있었다.

'대체 둘이 왜 저기 있지……?'

*　　　　*　　　　*

연습생으로 YH 엔터에 들어가고 나서부터, 상준은 끝없는 경쟁 속에 던져졌다.

월말 평가와 데뷔 평가. 각종 트레이닝에서의 은근한 경쟁까지.

연예계는 때로는 잔혹했고 냉정했다.

그리고 그 냉정함을 몸소 체감할 수 있는 곳이 바로 이곳.

마이픽이었다.

"두 번째 경연이 아마 다음 주……."

다음 촬영을 앞두고 잠깐의 휴식이 주어졌지만, 마냥 마음 편히 쉴 수는 없었다.

첫 번째 경연의 결과가 잔인하게 돌아온 이후, 상준의 머릿속도 복잡해졌기 때문이었다.

의아한 부분이 한두 군데가 아니었지만, 이럴 때일수록 연습에 집중해야 했다.

'오늘은 체화하는 걸 목표로 하자.'

애절한 발라드의 노래가 상준의 휴대전화에서 흘러나왔다.

쓸쓸하고도 부드러운 목소리가 노래의 시작을 열었지만, 오늘은 목소리보다는 표정에 힘을 쏟을 생각이었다.

발라드 곡에 어울리는 센치한 분위기.

상준은 감정을 잡은 채로 노래를 불러 나갔다.

얼굴의 미세한 감각에도 정신을 곤두세운 채, 완벽한 시선 처리에 힘을 쏟았다.

떠나간 애인을 그리워하는 느린 템포의 발라드곡.

지금의 상준의 표정은 마치 실연을 앞둔 표정, 그대로였다.

거울로 자신의 모습을 모니터링하며, 상준은 다음 곡으로 노래를 바꿨다.

"자, 가자."

스스로에게 파이팅을 전한 상준은, 바로 자세를 잡았다.

이번에는 댄스곡이다.

'다양한 표정을 연습할 수 있는 곡.'

처음에 조승현 실장이 상준에게 했던 말처럼, 아이돌에게는 노래와 춤 못지않게 시선 처리도 중요하다.

카메라를 따라가면서 완벽한 퍼포먼스를 선보이는 것.

신인 아이돌은 그런 부분에 있어서 약한 경우가 많았지만.

「무대의 포커페이스」.

이 재능으로, 상준은 방송 때마다 극찬을 받았었다.

별거 아닌 듯한 재능 같아도 완벽한 보컬과 댄스를 받쳐주는 기본 요소.

상준은 오늘 이 재능을 완벽히 익힐 생각이었다.

두두둥.

빠른 템포의 격정적인 곡이 시작을 열었다.

상준이 이 노래를 선택한 이유도 같은 이유에서였다.

초반부의 밝고 아름다운 벌스와 후반부의 카리스마 넘치는 분위기.

여러 색깔을 보여줄 수 있는 노래다.

I'v been waiting for you
I'v been calling for you

밝게 흘러가는 도입부.

그에 맞게 상준의 얼굴에 화색이 돌았다.

줄곧 아련한 분위기 위주로 연습하다 보니 낯설긴 하지만, 재능은 낯선 그 느낌마저도 순식간에 사그라들게 했다.

I said million times

Staying for you

그다음으로 이어지는 파트.

격정적이게 치닫는 분위기에 상준의 표정이 180도로 바뀌었다.

빠른 템포와 동시에 카리스마 있는 동작.

표정 하나하나에 신경 쓰다 보니, 생각보다 버겁다.

"허억… 헉."

노래가 끝나고 나서야, 상준은 연습실 바닥에 털썩 주저앉았다.

모든 힘을 연습에 쏟아부었다.

한참 동안 숨을 고르던 상준은 눈앞에 뜬 메시지에 고개를 들었다.

그런 상준의 노력을 증명하듯, 오랜만에 반가운 알림음이다.

띠링—.

[829번째 재능 '무대의 포커페이스'를 체화하셨습니다.]

연기부터 노래까지.

몰입도 있는 표정 연기를 소화할 일은 많았지만, 단독적으로 쓸 일은 없는 재능이라 따로 익히지는 못했다.

그 탓에 체화하는 데도 시간이 꽤 걸렸지만.

"그래도 다행이네."

복잡하던 머릿속이 싸악 씻기는 기분으로, 상준은 남색의 책을 들었다.

텅 빈 연습실의 거울을 향해 상준은 책을 내던졌다.

우웅―.

짧은 진동과 함께 벽면을 이루고 있는 거울이 통째로 일렁였다.

문도 단단히 잠가두었으니 누가 들어올 염려는 없다.

상준은 미소를 지으며 과감히 발을 내디뎠다.

우우웅―.

거대한 거울이 상준을 삼키고, 상준은 익숙한 풍경 앞에서 다시 한번 탄성을 터뜨렸다.

"으음."

익숙한 종이책의 냄새.

오랜만에 들어온 상준을 반기듯, 붉은 책이 상준의 앞에서 펄럭였다.

「신이 내린 목소리」.

"잘 가라."

이미 상준이 체화한 첫 번째 재능이었다.

상준은 미소를 지으며 책을 움켜쥐고는 다시 보내주었다.

"괜찮은 재능이 뭐가 있으려나."

조금씩 비는 시간을 활용하여 새로운 재능을 체화할 생각이었다.

언제나 열정이 넘쳐흐르는 터라, 상준의 눈에 여러 재능들이 들어왔다.

"물병 잘 던지기, 한석봉의 명필. 이건 또 뭐야."

정말 별의별 게 다 있다.

"삽질……?"

상준은 삽이 크게 박혀 있는 표지를 보곤 의아한 얼굴이 되었다.

드넓은 책장 빼꼭히 박혀 있는 책들.

예상외의 재능들이 상준을 반기고 있었지만.

탁 마음에 꽂히는 건 없다.

상준은 책을 스윽 손으로 훑어가며 작게 중얼거렸다.

"실용적이면서도 익혀두면 좋은 재능 없나."

그 순간, 상준의 눈앞에 화려한 문양의 책 한 권이 눈에 들어왔다.

「열정 가득 요리 천재」.

"오."

멤버들 중에서 요리를 그나마 할 줄 아는 건 선우인 데다가, 그 역시 대충 라면을 끓이는 수준이다 보니 제대로 된 요리를 숙소에서 해 먹은 적이 없었다.

"애들 요리 좀 해줄까."

상준은 싱긋 웃으며 책을 집어 들었다.

[583번째 재능 '열정 가득 요리 천재'를 대출하시겠습니까?]

상준은 메시지를 빠르게 수락하고는, 재능 서고의 벽면을 돌아보았다.

나무판 위에 새겨져 있는 글씨가 빠르게 바뀌었다.

「도서 대출 이력」
신이 내린 목소리[체화]
신이 내린 가창력[체화]
유연한 댄싱 머신[체화]
무대의 포커페이스[체화]

"벌써 네 개네."
의문의 존재의 말을 들은 이후, 상준은 꾸준히 노력을 쏟아붓
고 있었다. 연기 재능도 꽤나 달성치를 채워둔 상태라 체화를 목
전에 둔 기분이다.
"좋다."
노력 없이는 재능이 따라오지 않는다.
그 말을 오늘도 체감하며, 상준은 재능 서고의 문을 나섰다.
"이제 숙소 가면……."
새로 대여한 재능을 선보일 생각을 하며, 상준이 연습실 문을
열어젖혔을 때였다.
띠링―.
상준의 주머니에서 휴대전화가 울려 퍼졌다.
상준은 책 한 권을 팔에 낀 채로 문자메시지를 확인했다.
"하운이?"
1차 선발식 이후로 어떻게 지내나 싶었는데 이렇게 먼저 연락
을 해주니 고맙다.

상준은 반가운 얼굴로 하운의 메시지를 클릭했다.
그런데.

[형]
[큰일 난 거 같아]

"어?"
하운의 메시지를 확인한 상준의 얼굴이 어두워졌다.
워낙 조그마한 엔터에 있는 녀석이다 보니, 혹시 이번 일로 아이돌의 꿈을 포기한 건 아닐까.
걱정스러운 마음에, 상준은 다급히 메시지를 보냈다.

[무슨 일인데?]

띠링—.
문자를 보내기 무섭게 하운의 답장이 돌아왔다.

[이거 봐봐.]

짧은 한마디와 함께 하운이 보낸 링크.
상준은 의아한 낯빛으로 링크를 클릭했다.
하운의 링크가 향한 곳은 한 커뮤니티의 게시 글.
유심히 스크롤을 내리던 상준은 그대로 얼어붙었다.
"뭐야."

「김하운 탈락 뭔가 이상하지 않아?」

하운의 팬이라고 자신을 소개한 작성자.

그 아래에는 충격적인 내용이 작성되어 있었다.

나 하운이 팬인데 지난 1차 선발식 결과에 의문이 들어서 이렇게 글을 올려봐. 이 피디가 하운이 분량도 안 주고 그래서 얘 순위가 낮았던 건 맞는데. 1차 경연 끝나고 직캠 돌아다니면서 순위 확 반등했잖아.

근데 그런 애가 갑자기 1차에서 떨어지는 게 말이 되냐고.

아래는 하운이 순위 정리인데.

1주: 41위

2주: 32위

3주: 23위

하운이 팀이 미드나잇 판타지로 1차 경연 1위 찍었잖아.

여기에 투표수 가산까지 더하면 하운이가 30위 안에도 못 들었다는 게 말이 안 돼.

"경연 포인트."

상준은 탄식과 함께 말을 뱉었다.

미드나잇 판타지가 버스킹 경연에서 압도적인 1위를 찍으면서, 투표수에서 무려 10프로를 더하는 엄청난 혜택이 주어졌다. 이 가산 덕분에 상준과 재진이 나란히 상위권에 오를 수 있었던 거고.

가산까지 더한 하운이의 투표수는 총 2,200표.

원래 투표수는 대략 2,000표였다는 소리였다.

지난 2, 3주와 비교해도 현저히 낮은 투표수.

지난주에 가산 없이 23위까지 차지했던 하운치고는 이해가 가지 않는 성적이긴 했다.

'의혹일 뿐이지만.'

머릿속을 뒤흔들던 퍼즐들이 하나로 맞춰지는 기분이다.

상준은 껄끄러운 심정을 감추지 못한 채 댓글을 읽어나갔다.

┗나도 하운이 뽑았는데.

┗솔직히 이상하지 않음? 김하운이 1차에서 떨어진다고?

┗좀 갑자기 떨어지는 느낌이긴 했다.

┗아무리 분량이 없다 해도 이건 좀 이상함

┗아니, 그래서 작성자가 하고 싶은 말이 뭔데.

┗조작이라는 거 아냐?

┗말이 되는 소리를 해라.

┗왜 말이 안 됨? 너 피디임?

┗직캠 반응 장난 아니었는데 솔직히 떨어질 줄은 몰랐지

┗22

┗333

조금씩 일어나는 의심의 균열.

이 균열이 서서히 벌어지기 시작한 건, 그날 저녁부터였다.

＊　　　　＊　　　　＊

"하운아."

깊게 눌러쓴 검은 모자에 훨씬 초췌해진 행색.

상준은 안타까운 눈길로 하운을 맞이했다.

단체 생활을 하는 숙소로 부를 수는 없으니, 잠깐 허락을 맡고 하운을 자취방에 부른 상준이었다.

"여기도 사흘 뒤면 내놔서."

"형 집이에요?"

"그래, 편하게 앉아."

두 사람이 간신히 자리를 두고 앉을 정도로 좁은 자취방이지만.

사람들의 시선이 있으니 밖에서 만날 수는 없었다.

상준은 쓸쓸한 미소로 하운을 올려다보았다.

엉거주춤한 자세로 조심스레 앉은 하운은, 걱정스러운 눈빛으로 물었다.

"형 마이픽 촬영은 안 나가도 돼요?"

"이번 주 금요일부터야."

"아."

하운이 알았다는 듯 고개를 끄덕였다.

하지만, 상준이 묻고 싶은 건 따로 있었다.

"요즘 괜찮아?"

사실 하운에게 먼저 연락이 오기 전까지는 그에게 전화를 걸기도 조심스러웠다.

마이픽을 통해 부쩍 친해진 사이지만, 1차 선발식 날 상준은 웃었고 하운은 울어야 했으니까.

하운은 부드러운 눈웃음을 지으며 고개를 끄덕였다.

"네, 뭐. 다시 초심으로 돌아간 기분으로 연습해야죠. 저 겨우 3개월 차인데요, 형. 이제부터라도 더 열심히 하려고요."

"그게 아니라. 그 게시 글."

하운의 입장에서는 그 게시 글이 올라오는 것조차 또 다른 상처가 될 수 있었다. 의아한 부분이 있는 건 사실이지만, 상처를 파헤쳐 다시 헤집어두는 것밖에 안 되니까.

하운은 고개를 저으며 조심스레 입을 열었다.

"팬분들께는 감사하지만……. 저는 결과에 납득해요. 제가 뭐 분량이 많았던 것도 아니고, 그렇다고 형처럼 잘하는 게 있는 것도 아니잖아요."

"아니."

상준은 하운이 자책하지 않길 바랐다.

마이픽의 탈락은 상준이 어떻게 해줄 수 없다 해도, 적어도 그 마음만은 어느 정도 돌려놓을 수 있지 않을까.

「위대한 언변술」.

힘이 실린 그의 목소리가 부드럽게 하운에게 향했다.

"네가 떨어진 거 이 피디 탓이야."

"네……?"

"그렇게 돌려. 자신한테 돌리지 말고."

재능이 없음에 늘 자책했던 상준이다.

최 실장이 폭언을 내뱉었을 때도, 데뷔 조 승격이 무산되었을 때도.

동생의 사고가 일어났을 때도.

상준은 늘 자신에게 이유를 돌렸다.

그런데.

'살아보니까 그렇게 멍청한 것도 없더라고.'

상준은 피식 웃으며 고개를 돌렸다.

"잘되면 내 탓 하고, 못되면 남 탓도 하고 살아. 네가 무슨 성자냐? 왜 모든 사람들을 이해해."

하운은 최선을 다했고, 이 피디의 편집 탓에 공정한 기회를 얻지 못한 것도 사실이다.

게다가.

"네 팬들 말이 맞으면 어쩔래."

"……."

상준은 지그시 입술을 깨문 채, 하운을 돌아보았다.

상준의 한마디에 생각에 잠긴 얼굴.

상준은 고개를 까닥이며 조그마한 냉장고를 열었다.

"그냥 가지 말고. 내가 찌개라도 해줄게."

애써 아무렇지 않은 척, 간신히 버티고 있었던 하운의 표정이 처음으로 진심을 내비쳤다.

마치 구원자라도 바라보듯 동경에 가득 찬 눈길.

상준은 대파를 꺼내면서 그런 하운을 보고 미소 지었다.

"일단 믿고 앉아봐. 맛있을 거야."

재능도 대여했으니까.

최고의 찌개를 만들 자신이 있다.

"김치찌개 좋아해?"

"크, 물론이죠."

하운이 엄지손가락을 치켜세우며 고개를 끄덕였다.

이렇게 된 이상, 둘이 먹다가 둘 다 죽을 찌개를 만들겠다며 상준이 콧노래를 흥얼거렸다.

"자, 이제 시작하면……."

상준이 자신감 넘치는 표정으로 도마를 꺼내 왔을 시각.

띠링—.

균열의 시작을 알릴 하나의 게시 글이 커뮤니티에 올라왔다.

*　　　　*　　　　*

"형, 형! 왜 이렇게 늦게 왔어?"

밤 11시. 숙소에 들어서는 상준을 보고는 도영이 다급히 달려왔다.

조승현 실장의 허락까지 받고 외출하는 길이니 문제가 될 건 없었지만, 상준은 의아한 눈길로 도영을 바라보았다.

상기된 얼굴을 보니 또 유찬과 싸웠나 싶었던 찰나, 도영이 입을 열었다.

"지금 인터넷 난리 났어!"

"하운이?"

"형도 아네?"

아까 낮에 올라왔던 게시 글을 떠올린 상준이 고개를 끄덕이며 도영의 휴대전화를 건네받았다.

하지만, 휴대전화 화면에 떠 있는 게시 글은 아까와는 다른 것이었다.

낮과는 비교도 안 되게 달아오른 여론.

"이게 뭐야."

투욱.

남은 요리 재료들을 봉지째로 바닥에 떨군 상준은 정신없이 글을 읽어 내려갔다.

「1차 선발식 투표 관련 의혹 정리해 본다」

아까 낮에 글 올렸던 하운이 팬인데. 너무 분에 치밀어서 확실한 증거를 들고 돌아왔다. 그 결과, 석연치 않은 부분이 있어서 이렇게 공론화해 보고자 함.

마이픽 1차 선발식의 온라인 투표는 너네도 알다시피 주 1회 홈페이지를 통해 진행되었어.

공식 집계상 하운이가 받은 표는 2,000표.

지난 주와 지지난 주랑 비교해도 적은 투표수임.

여기에 의문이 들어서 내가 확인해 봤는데, 너네 지난주 이벤트 기억나지?

첫 1차 선발식이고 이때의 투표수가 누적으로 최종 선발에도 반영된다는 소식을 듣고 김하운 팬 일동은 온라인 투표 독려 이벤트를 진행했었어.

그거 집계를 확인해 봤는데 3,200표가 넘어.

이게 말이 돼? 어떻게 공식 집계보다 이벤트 투표수가 더 많을 수가 있어?

다들 투표해 둔거 있지? 지금이라도 급하게 인증받아.

혹시 이벤트에 참여하지 않은 사람이라도 뒤늦게 보내주면 좋을 것 같아.

만약에 이거 진짜 조작이라면 난 정말 밝혀져야 한다고 생각해.

"말도 안 돼……."

"이거 사실이면 진짜 확실한 증거 아니야?"

도영이 인상을 찌푸리며 말을 뱉었다.

의심스러운 구석이 반복되니, 그 의심이 점차 눈덩이처럼 불어난다.

상준은 떨리는 손으로 휴대전화를 움켜쥐었다.

아래의 댓글들은 이미 완전히 불타올라 있었다.

—나도 투표 인증 보낼게

　ㄴ다들 참여하자

　ㄴ22

　ㄴ나도 보낼게

—이거 진짜면 뉴스 나와야 하는 거 아니냐

　ㄴㄹㅇ 조작일까 정말

　ㄴ난 충분히 가능성 있다 봄

　ㄴ나도 ㅇㅇ

—야, 지금 1위부터 7위 누구냐

　ㄴ다 털어봐야 하는 거 아님?

　ㄴ합리적 의심 가능하지?

　ㄴ상준이는 아닐 거 같은데

　ㄴㅇㅈ 하운이 챙겨주던 애 걔밖에 없었잖아

　ㄴ서재진은 뭔가 이상하지 않냐

┗대놓고 분량 몰아주긴 했지;;
　┗지금 상황에서 추측은 하지 말자
―자기들 입맛대로 뽑을 거면 투표는 왜 받는 거임?
　┗ㅇㅈ합니다…….
　┗야 지금 빨리 데뷔권 애들이나 털어봐

상준부터 시작해서 데뷔권 순위에 있는 연습생들에게 화살이 돌아가고 있었다. 그나마 마지막 우승 소감에서 하운을 언급한 상준은 비교적 비난의 화살을 피해갔지만, 서재진을 향한 여론은 점점 악화되고 있었다.

"어떻게 되는 거야?"

도영이 걱정스러운 눈길로 상준을 올려다보았다.

그런 도영과 다르게 상준은 침착한 얼굴이었다.

서서히 드러나는 증거와, 그때 최태형 대표가 건넸던 말.

마지막으로 이 피디와 서재진이 나누던 대화까지.

퍼즐을 완전히 끼워 맞춘 상준은 담담하게 말을 뱉었다.

"어떻게 되긴."

"어……?"

"사실이면 처벌받아야지."

때마침 흘러나오는 마이픽 재방송.

익숙한 마이픽의 오프닝 멘트에, 상준의 얼굴이 굳어졌다.

밝은 목소리로 입을 여는 강주원의 한마디.

―안녕하세요! 꿈과 기회의 아이돌 육성 프로젝트, 마이픽을 시

작합니다!

꿈과 기회라.

만약 이 모든 것이 이 피디의 놀음에 불과했다면.

"이건 기회가 아니라 저주지."

"형……?"

분노에 찬 상준의 목소리가 숙소를 울렸다.

급하게 휴대전화를 뒤적인 상준이 어디론가 전화를 걸었다.

달칵.

통화 연결음이 끊어짐과 동시에, 거침없는 한마디가 상준의 입에서 튀어나왔다.

"실장님, 저 상준인데요."

"……."

"여쭤보고 싶은 게 있어서요."

*　　　　*　　　　*

어수선한 상황 속에서도 '마이픽'의 촬영 날은 돌아왔다.

마이픽 대기실.

한데 모인 연습생들은 목소리를 낮춘 채, 게시 글에 대한 얘기를 하느라 바빴다.

"야, 그거 진짜래?"

"그럼 김하운은 실제 순위가 어떻게 되는데?"

"와. 피디님이 그러면 하운이 이용한 건가?"

조용히 말한다고는 하지만, 은근히 들려오는 목소리.

"이 상황에서 방송을 강행한다고?"

"피디님이 무슨 생각인지 내가 어떻게 알겠냐."

소란스러운 분위기.

맞은편에 앉아 있던 서재진의 얼굴이 점차 굳어갔다.

상준은 그런 서재진을 빤히 응시했다.

조승현 실장에게 들은 말.

상준은 가만히 앉아, 그의 말을 곱씹었다.

'나도 썩 내키는 건 아니었는데, 우리 입장에서도 딱히 손해 보는 건 아니니 참가하라고 전달받았어.'

'⋯⋯'

'그냥 알음알음 들었어. 돈 받고 순위 올려준다고.'

짜고 치는 판.

JS 엔터는 가담한 바가 없지만, YH 엔터의 경우는 사뭇 달랐다.

아마 YH에서 가장 돈을 많이 쥐여주었을 거라고, 조승현 실장은 그렇게 말했었다.

상준은 조소를 머금은 채, 서재진을 응시했다.

늘 무시를 달고 사는 그의 얼굴이 오늘따라 초조해 보였다.

'초조하겠지.'

게시 글 논란 이후로, 김하운 팬들의 공격성 뒷조사가 이어지고 있었다.

껄끄러울 게 하나 없는 상준과는 달리 재진은 찔리는 게 있을 테니.

더욱이 이번 조작 관련 혐의까지 밝혀진다면, 그도 더 이상 피해갈 수만은 없을 터였다.

"헐. 형, 진짜 조작인 거 아냐?"

그런 불안한 재진의 심리에, 도영이 해맑게 기름을 끼얹었다.

"아무리 생각해도 이상하잖아. 이거 빼박이라니깐."

도영의 눈길이 은근히 재진을 향했다.

'저거, 일부러 저러네.'

상준은 피식 웃음을 터뜨리며 고개를 끄덕였다.

"그러게. 이상하네."

"그럼 우리 다음 주 녹화는 없는 걸까?"

거기에 불을 지피는 유찬의 한마디.

서재진이 살기 어린 눈길로 상준을 노려보았다.

상준은 그 눈빛을 가볍게 흘리고는 말을 이었다.

"난 진실은 언젠간 밝혀진다고 믿는 주의라서."

"크으, 역시 센터의 생각은 남달라."

도영이 엄지손가락을 치켜세우며 감탄을 뱉었다.

그 이야기를 듣는 서재진은 입술을 달싹이고 있었다.

그들 쪽으로 온통 신경이 곤두세워진 느낌.

그런 그에게 불을 지핀 건, 상준의 마지막 한마디였다.

"죄를 지은 사람은 벌을 받아야지."

"…지랄."

갑작스러운 욕설이 들려온 건, 예상대로 맞은편이었다.

도영은 놀란 눈으로 재진을 돌아보았다.

상준은 부드러운 미소를 지은 채, 그런 재진을 아무렇지 않은 눈길로 바라보았다.

재진이 악에 받친 목소리로 말을 뱉었다.

"네가 뭔 대단한 사람이라도 되는 것처럼 착각하는 모양인데."

"……."

"그냥 나대지 말고 가만있어."

카메라가 없었기에 망정이지, 있었으면 한참을 떠돌아다녔을 멘트다. 예상외로 직설적인 반응에, 상준은 웃음을 터뜨렸다.

악편 사건 이후로 한동안 잠잠하던 서재진이 저렇게 본색을 드러낸 데에는 이유가 있을 터였다.

그 이유라면.

"불안해?"

"뭐라고?"

"좀 초조해 보여서."

대수롭지 않은 표정으로 던진 말에 서재진의 얼굴이 붉게 물들었다. 지금 이 상황에서 화를 내면 인정하는 것밖에 안 된다.

하지만, 감정에 치우친 나머지 서재진은 이미 이성을 잃은 뒤였다.

"왜 불안해야 하는데? 내가 뭘 했다고! 하, 네가 뭘 알긴 해? 왜 다짜고짜 시비인데."

갑자기 언성을 높이는 서재진에, 주변의 시선이 쏠렸다.

서재진은 이를 악문 채 떨리는 주먹을 쥐었다.

가만히 있어도 저렇게 무덤을 파고 있으니.

상준은 담담한 얼굴로 고개를 돌렸다.

"네 말대로 나는 아무것도 몰라서."

"……."

"네가 가장 잘 알겠지."

제 감정을 못 이겨 저토록 무너지는 꼴이라니.

상준은 속으로 혀를 차며 자리에서 몸을 일으켰다.

"촬영 시작합니다!"

때마침 촬영 시작을 알리는 제작진의 말소리가 들려와서였다.

"다들 나와주세요!"

"하……."

말문이 막힌 서재진은.

상준이 떠난 자리에 서서 한참을 부들댈 뿐이었다.

*   *   *

벌컥.

강주원이 문을 열고 들어서자마자, 강당은 침묵으로 가라앉았다.

웅성대던 다른 연습생들도 카메라가 돌아가자, 일제히 조용해졌다.

강주원은 아무 일도 없었다는 듯 밝은 얼굴로 앞에 섰다.

"오랜만이네요, 여러분."

"와아아!"

뒤늦게 박수가 튀어나왔지만, 알 수 없는 오묘한 낯빛이 강주원의 얼굴에 스쳤다.

그 역시 커뮤니티를 휩쓴 논란을 알고 있을 터였다.

충분히 평정심을 잃을 만한 상황이었음에도, 10년 경력의 예능인답게, 능숙한 진행이 이어졌다.

'이래서 오디션 프로는 안 맡으려고 한 건데.'

눈앞에서 함께해 온 연습생들이 하나씩 떨어지는 모습을 보면서, 진행자 역시 마음이 아플 수밖에 없는 게 사실이다.

그런 와중에도 남아 있는 연습생들을 위해 웃어주어야 하는 게 그의 몫이고.

데뷔를 위해 달려가는 레이스를 응원해 주는 역할.

그게 강주원이 맡은 역할이었기에, 냉정해져야만 했다.

"네, 기다리던 두 번째 경연이 돌아왔습니다."

"오오."

"아, 벌써 쫄린다."

첫 번째에 이은 두 번째 경연.

이 경연으로 또 다른 탈락자가 정해질 것이 뻔하기에, 연습생들은 긴장한 기색으로 침을 삼켰다.

강주원이 미소를 지으며 입을 열었다.

"이번 경연의 주제는 콜라보레이션입니다."

"콜라보레이션……?"

여기저기서 수군대는 소리가 튀어나왔다.

서로 다른 두 장르를 콜라보한다. 이것이 두 번째 경연의 주제였다.

아직 편곡에 익숙한 연습생들이 별로 없었기에, 상당히 난감한 주제다.

앞자리에 앉은 이들의 얼굴이 점차 굳어가고 있었다.

"콜라보레이션이면……."

잠자코 앉아 있던 도영이, 상준의 어깨를 치며 말을 뱉었다.

"형, 그거 해봐라."

"뭐?"

"아리랑이랑 헤비메탈."

상준이 한 획을 그었던 아리랑과 헤비메탈의 무대.

그 무대를 콜라보하라는 기막힌 생각인데.

도영이 해맑게 웃으며 말을 뱉었다.

"크으, 아이디어 죽이지."

"어, 죽이네."

"어……?"

"완전 좋은데?"

농담 삼아 던진 말을 상준이 진지하게 받아들이자, 도영은 난감한 눈빛이 되었다. 뒤늦게 손을 내저어보지만, 상준의 눈을 바라본 도영은 직감했다.

"진심이구나……."

이 와중에도 쓸데없이 열의 넘치는 눈빛.

분명 저 머릿속으로는 아리랑과 헤비메탈을 어떻게 섞을지 고민하고 있을 터였다.

실제로도 그랬고.

'도입부는 잔잔하게, 후반부에서 팍 치고 가주면…….'

"하하."

잔뜩 생각에 잠겨 있는 상준을 보고는, 도영은 해탈한 얼굴이 되었다. 물론 몇 마디를 한다고 해서 저 넘치는 열정을 막을 수는 없다.

게다가 모두가 말려도 기막힌 무대를 선보이는 상준이니.

도영은 상준이 또 어떤 예상 밖의 행보를 할지 궁금해졌다.

해맑은 도영의 목소리가 상준의 귓가를 울렸다.

"파… 파이팅!"

"고맙다, 완벽한 의견."

"그, 그래."

하지만…….

*   *   *

"야, 이거 무슨 일이야……?"

"미쳤네."

"뉴스에 서재진 떴는데?"

상준의 열정 넘치는 준비와 도영의 응원이 무색하게도.

두 번째 경연은 이뤄지지 못했다.

"……."

결국 우려하던 뉴스가 터져 버렸으니.

*   *   *

"이거 어떡할 거야?"

이 PD가 날카로운 목소리로 말을 뱉었다.

죄 없는 신입 PD는 가만히 서서 고개를 숙였다.

서재진이 쳐놓은 사고를 왜 그에게 분풀이를 하는지 알 길은 없
었지만, 지금 이 상황에서 신입이 할 수 있는 일이라고는 없었다.

「'마이픽' 서재진 연습생 마약 논란」

「서재진 연습생은 누구?」

「마약 논란의 행방, 과연 진실은?」

이제 와서 덮기에는 너무 커져 버린 논란.
이 PD는 신경질적으로 휴대전화를 켰다.
아직 확답이 나오지 않은 이야기에 불과했지만, 여론이 영 좋지 않았다. 댓글들을 읽어 내려가던 이 PD의 눈이 붉게 충혈되었다.

─아니, 그래서 마약을 했다는 거 아냐?
ㄴ이거 팩트임?
ㄴ찌라시래. 다들 중립 지켜
ㄴ김하운 팬들이 캐냈다던데. 저거 ㄹ○인가 봄
ㄴ와 팝콘 사둔다……
─JS 엔터에선 왜 별말 없음?
ㄴ아 그래서 거기서 퇴출된 거네 ㅋ
ㄴ퇴출되고 YH 간 거? 빽으로?
ㄴㄷㄷ하네
─난 이거 팩트라고 본다
ㄴ김하운 팬들이 공소장까지 찾았다잖아
ㄴ기록 남아 있는 거임?
ㄴ와……. 이걸 덮으려고 했다고?
ㄴ팬들이 바보인 줄 아나 봄ㅋ

"하아."
이 PD는 짜증 섞인 한숨을 내뱉으며, 휴대전화를 던져 버렸다.

쿵.

둔탁한 소리가 이어지자마자, 이 PD는 머리를 감싸쥐었다.

받은 돈이 있으니 서재진을 데뷔시켜야 했다.

그것도 최종 1등으로.

"이딴 식으로 나오면 어쩌자는 거야."

"YH 엔터에서도 열심히 막고는 있다는데요."

옆에 물끄러미 서 있던 피디 하나가 말을 덧붙였다.

이 PD뿐만 아니라 YH 쪽 관계자들한테도 지금쯤 난리가 났을 터였다.

그쪽에서도 나름 열심히 막고 있는 모양이지만, 쉽게 될 리가 없다.

이 PD는 짙은 한숨을 내쉬며 화면을 노려보았다.

"일단 방송은 진행시켜. 촬영분 있잖아."

"아, 예······."

신입이 곧바로 고개를 숙였다.

서재진의 마약 논란은 마약 논란이고.

논란이 되면 그만 하차시키면 그만이다.

그렇게 판단했던 신입 PD는 이어진 이 PD의 말에 사뭇 당황했다.

"서재진은 이번에 꼭 1등 만들어봐."

"네······?"

지금 마약 논란까지 벌어진 상태에서 그를 1등으로 세우라니.

무리수도 그런 무리수가 없었다.

"그때까지 YH에서 해명 올린댔어. 논란 잠재우려면 편집 잘해놓고! 순위라도 팍 치고 올라가게 만들어놓으란 말야."

"······."

지난 1차 때는 31등이었던 강한일 연습생을 억지로 30위 안에 밀어 넣다 보니, 가장 영향력 없는 소속사의 김하운 연습생을 쳐냈던 이 PD였다.

하지만, 이번에는 그 정도로 건드려서는 안 된다.

'완전 엎어버려야지.'

이 PD는 다급한 목소리로 신입 PD를 재촉했다.

"뭐 해, 어차피 순위 우리밖에 모르잖아."

"근데 지금은……."

마약 논란으로 서재진 연습생은 겨우 8위에 머물러 있는 상태다.

2위였던 지난번 결과를 생각하면 크게 떨어진 수치다.

어제 이 난리가 났으니 앞으로 더 떨어질지도 모르는 일이고.

그리고 이렇게 한번 데뷔권에서 팍 떨어져 나가면 나중에 1위를 찍게 하기도 어렵다.

"이렇게 논란 일어났을 때도 1위를 지켰다. 그런 식으로 언론 플레이를 해야 할 거 아냐. 이런 거 한두 번 해봐?"

"그, 그게……."

신입은 난처한 얼굴로 말을 흐렸다. 그의 논리가 그럴싸하긴 하더라도, 이 PD의 제안은 너무도 위험하다.

이렇게 김하운의 팬들이 두 눈을 시퍼렇게 뜨고 있는 상황에서 또다시 조작이라니.

신입 PD는 조심스럽게 반대 의견을 제시했다.

"이번에는 그냥 가시는 게 나을 것 같은데요. 2차 선발식까지 아직 기간도 있고……."

"뭐?"

살기 어린 이 PD의 눈빛이 신입 PD에게 닿았다.

주머니에 손을 찔러 넣은 이 PD가 싸늘하게 말을 던졌다.

"지금 나 가르치는 거야?"

"그게 아니라……."

이 PD는 지끈거리는 머리를 짚으며 말을 뱉었다.

살벌한 그의 기세에 눌린 신입 PD는 차마 뒷말을 잇지 못했다.

'분명 큰일 날 거 같은데…….'

돈에 눈이 멀면 이성적인 판단이 흐려진다.

신입인 자신의 눈에도 뻔히 보이는데 왜 그걸 알지 못할까.

"나 나갈 테니까, 알아서 처리해 놔."

"아, 넵……."

담배 한 개비를 피우러 나가는 이 PD.

신입은 씁쓸한 심정으로 그런 이 PD의 뒷모습을 뻔히 바라보았다.

*　　　　*　　　　*

"야, 이 피디님도 진짜 너무했다."

도영이 혀를 차며 말을 뱉었다.

TV에서는 이번 주 마이픽 방송이 흘러나오고 있었다.

잠자코 뒤에 서 있던 조승현 실장도 마찬가지로 탐탁지 않은 반응이었다.

저쯤 되면 악의를 가지고 편집한 수준인데.

"와. 방금 스쳐 갔어!"

제현이 매의 눈으로 콩알만 한 상준을 포착했다.

도영이 놀란 눈으로 TV 앞에 다가섰다.

"진짜? 나 못 봤는데?"

"이렇게 센터 얼굴을 찾기 힘들 줄이야."

선우 역시 안타까운 눈길로 상준을 돌아보았다.

명색이 센터인 데다가 지난 1차 선발식의 우승자이다.

그런데 우승 소감마저도 편집되어 버리다니.

선우는 걱정스러운 목소리로 말을 던졌다.

"괜찮냐."

"그러엄."

상준은 미소를 지으며 고개를 끄덕였다.

때마침 화면에는 애써 해맑게 웃고 있는 서재진의 얼굴이 비처지고 있었다.

지금쯤 저 속이 얼마나 타들어가고 있을지는 안 봐도 뻔하고.

"아주 가뭄에 콩 나듯 나오는구만. 저딴 걸 피디라고."

조승현 실장은 팔짱을 낀 채 한탄을 뱉었다.

그러거나 말거나.

상준은 책상 위에서 열심히 서류들을 살피고 있었다.

이 PD가 저렇게 악성 편집을 하든 말든, 이미 수많은 예능프로 섭외가 쏟아지고 있었다.

김하운 팬들의 뒷조사가 이어지면서, 다른 데뷔 조 연습생들의 과거도 여럿 털렸지만.

'그 와중에도 살아남다니.'

진짜 착실하게 연습을 한 것밖에 없는 상준이다.

털어도 털어도 먼지 한 점 나오지 않는 깨끗한 이미지.

그 덕에 오히려 광고가 쏟아져 들어왔다.

상준은 그중에 하나를 집어 들고는 조승현 실장에게 물었다.

"이건 뭐예요?"

"커피 광고."

"오, 커피. 크으, 멋있다. 그거 해!"

도영이 쇼파 위에서 주르륵 내려와 말을 거들었다.

상준 역시 커피 광고라면 마다할 이유가 없다.

하지만, 광고의 컨셉을 확인한 상준의 표정이 급격히 어두워졌다.

조승현 실장은 그런 상준의 어깨를 토닥이면서 눈치 없이 말을 뱉었다.

"아리랑을 개사해서 부르는 광고라던데. 너한테 딱 어울릴 거 같아서 내가 딱 집어 왔지."

"아, 아닌 것 같아요."

"아니면, 밑에 세탁기는 어때?"

모든 연예인들의 로망, 가전제품 광고.

상준의 눈이 또다시 반짝였지만, 덧붙이는 조 실장의 말에 이내 차갑게 식어버렸다.

"세탁기 곤~ 뭐, 이런 건데……."

"아……?"

"할인 세일을 놓치면, 완벽한 세탁기가 떠난다. 뭐, 이런 컨셉이라더만."

상준의 얼굴이 창백하게 질렸다.

명색이 아이돌인데…….

떠나가는 세탁기를 바라보며 진지하게 헤비메탈을 부르라니.

도영은 입을 가린 채 애써 새어 나오는 웃음을 막았다.

"아, 방금 상상했어."

"……."

"상준이 형, 진짜 멋있을 거 같다. 한번 해보자."

이때다 싶어 말을 얹는 도영이다.

분명 그 광고를 한번 찍었다가는 각종 커뮤니티에 움짤이 돌아다닐 게 뻔했다. 옆에 찰싹 붙어 있는 이 녀석의 놀림은 플러스고.

"차도영, 네가 찍을래?"

"에이, 헤비메탈은 형 시그니처잖아. 내가 양보해야지."

"어우, 저거 말이라도 못하면……."

아무리 생각해도 이건 아니다.

상준은 격하게 고개를 저으며 화제를 돌렸다.

"좀… 정상적인 거는 없어요?"

"네 이미지가 정상이 아니야, 인마."

"아."

지나친 열정이 불러온 폐해다.

상준은 절망한 얼굴로 주저앉았다.

이미 도영은 반쯤 심취한 얼굴로 옆에서 흥얼거리고 있었다.

"아. 세탁기는 갔어요~."

"……."

"떠나 버려써어―."

"망할."

나직이 한마디를 내뱉은 상준은 다시 TV로 시선을 돌렸다.

"저거나 마저 봅시다."

상준이 스쳐 지나가는 수준으로 나와 버린 이번 주 방송도 마침내 끝이 났다.

방송의 끝에서는 이번 주의 실시간 투표 순위가 나올 예정이니.

상준의 시선도 자연스레 그쪽으로 쏠렸다.

"오. 순위 나온다, 나온다!"

"서재진 그 자식, 완전히 떨어졌을까?"

"그러겠지, 별수 있냐. 그 난리가 났는데."

유찬이 혀를 차며 말을 뱉던 순간.

멤버 전원의 입이 떡 벌어졌다.

"어……?"

상준이 당연히 1위를 차지할 거라는 예상과는 달리, 마이픽 방송 화면에서는 예상 밖의 순위를 띄우고 있었다.

마약 논란에도 불구하고 굳건히 1위로 치고 올라온 서재진과.

오히려 4위로 떨어져 버린 상준.

도영이 황당하다는 듯 자리를 박차고 일어섰다.

"아니, 이게 말이 돼?"

"방송 분량이 적다고 저렇게 떨어진다고? 말도 안 되지. 팬덤이 있는데!"

선우의 말이 맞았다.

마이픽 연습생들 사이에서 단연 최대의 팬덤을 보유하고 있는데다가, 화제성 면에서도 1위로 꼽을 수 있었다.

그런 상준이 1주 만에 순위가 뚝 떨어지다니.

그것도 마약 논란인 서재진이 치고 올라온 상황에서.

"이건 말도 안 되지."

도영이 흥분한 얼굴로 말을 뱉었다.

딴건 몰라도, 이 투표 결과는 확실히 석연치 않았다.

그것을 증명하듯 이미 커뮤니티는 활발하게 불타고 있었고.

도영 못지않게 의문을 느낀 사람들의 댓글이 쏟아지고 있었다.

—나상준이 왜 4등임?

└ㅋㅋㅋㅋㅋㅋ미쳐 돌아가네

└이게 말이 돼?

└조작이네, 빼박

└대놓고 이 피디가 서재진 밀어주는 거 보이던데

└상준이 분량도 없더라 ㅋㅋㅋㅋ

└ㄹㅇ 스쳐 지나감…….

—김하운 팬들 말이 맞네

└이거 백 퍼 조작임

└재진 피디픽

└조사해라 이거

└조사해 주세요!!!

이 PD의 픽이라고 추정되는 인물들까지 줄줄 나열되어 커뮤니티를 달구고 있으니.

조승현 실장은 심상치 않은 분위기에 턱을 쓸었다.

이 PD가 스스로 무리수를 두는 바람에 상황이 훨씬 심각해졌다.

이 바닥에 하루 이틀 있었던 게 아니다.

조승현 실장은 싸한 예감에 말을 뱉었다.

"이거 이번엔 크게 터질 거 같은데."

"조작 맞나 보네요, 정말."

도영이 혀를 차며 고개를 뒤로 젖혔다.

김하운 팬을 중심으로 갑자기 순위가 떨어진 연습생들은 물론, 상준의 팬들까지 한데 모여 불만을 쏟아내고 있는 상황이다.

급기야 국민 청원까지 하겠다는 여론까지 생겨나고 있으니.

부글부글 끓어오르기 시작한 휴화산을 보는 심정이다.

"올 것이 온 거지."

상준은 씁쓸한 얼굴로 말을 뱉었다.

제현 역시 직설적 화법으로 상준의 말에 동감했다.

"피디 개새끼."

"제현아, 너 이미지가……."

"개새끼는 다른 말로 표현할 수 없었어, 형."

"그래."

선우는 포기한 얼굴로 고개를 끄덕였다.

차마 좋은 말로 포장할 수 없는 데까지 마이픽이 치달아 버렸으니.

상준이 혀를 차며 소파 위에 털썩 주저앉았을 때였다.

"어?"

우우웅ㅡ.

오른쪽 주머니에서 진동이 울려 퍼졌다.

[최서예 작가님]

'드라마 인 드라마' 섭외 이후로는 개인적인 연락이 없었던 최서예 작가다.

이렇게 다급하게 전화가 온 걸 보면 무슨 일이라도 터진 모양인데.

상준은 굳은 얼굴로 전화를 붙들었다.

"네, 작가님."

―뉴스 봤죠?

서재진의 논란.

그가 출연진으로 포함된 '드라마 인 드라마'에도 큰 타격이 갈 일이었다.

마이픽에선 위험 부담을 무릅쓰고 그를 1위 자리에 올려놓았는지 몰라도, 최서예 작가는 그럴 생각이 없었다.

'라이벌 구조.'

그런 의미에서 서재진과 나상준이 보여줄 합이 잘 맞겠다 싶어서 캐스팅한 것일 뿐.

최서예 작가는 이번만큼은 자신의 눈이 틀렸음을 직감했다.

그리고 그런 면에 있어서는, 그 누구보다 냉정했다.

―이건 다른 출연진들도 알아야 할 것 같아서 전하는 거예요.

"아, 네."

―서재진 씨는…….

잠시 망설이던 수화기 너머로, 최서예 작가가 담담한 목소리가 말을 뱉었다.

―오늘부로 저희 프로그램에서 하차합니다.

제2장

데뷔를 목전에 두다

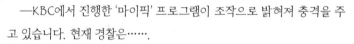

　—KBC에서 진행한 '마이픽' 프로그램이 조작으로 밝혀져 충격을 주고 있습니다. 현재 경찰은…….

　—관련 인물들을 압수수색 하여 진실을 밝혀낼 것으로…….

　—'마이픽' 조작 관련 수사가 착수되어, 시청자들의 항의가 이어지고 있는 상황입니다.

　휴대전화 화면에 가득 찬 마이픽의 모자이크 화면과, 빨간 옷을 입은 채 급하게 소식을 전하고 있는 아나운서.

　조그마한 휴대전화로 뉴스를 보던 도영은 혀를 차며 말을 뱉었다.

　"이건 완전 대국민 사기극 아니냐고."

　마이픽 투표 조작 논란의 여파로, 마이픽의 다음 촬영은 무기한 연기되었다.

사실상 아예 폐지되었다고 보는 게 나을 법한 상황이다.

조작 정황은 확실했던 데다가, 방송상 집계와 실제 집계가 맞지 않은 사례까지 속속들이 밝혀지고 있었다.

매 시간마다 떠오르는 새로운 뉴스.

"진짜 까도 까도 계속 나오네."

유찬은 혀를 차며 눈살을 찌푸렸다.

도영이 호들갑을 떨며 뉴스 화면을 손으로 가리켰다.

"와, 이 피디님 사무실에서 데뷔 조 명단까지 나왔대."

"YH 엔터에서 돈까지 건네줬다는데?"

드라마 인 드라마에서 서재진을 미리 쳐낸 건 합리적인 결정이었다.

뒤에서 열심히 조잘대는 멤버들의 얘기를 듣고 있던 조승현 실장.

그는 촬영장 근처에 차를 세운 뒤 고개를 돌렸다.

"이번 달까지가 마지막이야."

"뭐가요?"

도영이 놀란 눈으로 앞으로 고개를 디밀었다.

그런 도영의 머리를 쓰윽 밀어낸 조승현 실장은 너털웃음과 함께 말을 뱉었다.

"나랑 이렇게 촬영장 나오는 거."

드라마 인 드라마의 촬영장.

저 멀리서 촬영 준비에 분주한 스태프들이 보였다.

상준이 의아한 눈길로 조 실장에게 물었다.

"네? 어디 가세요?"

"너네도 이제 매니저랑 다녀야지."

"매니저님이요?"

곧 데뷔를 앞둔 상태다.

멤버들의 얼굴이 이내 기대감으로 가득 찼다.

조승현 실장은 서운하다는 듯이 말을 덧붙였다.

"이야, 너무 대놓고 좋아하는 거 아니야?"

"에이, 그게 아니라요. 그냥 신기해서요."

도영이 격하게 손을 내저으며 말했다.

조승현 실장은 알겠다는 표정으로 고개를 끄덕였다.

사실 오늘 촬영장에서 전해온 소식이 하나 있었다.

"너네 새 촬영진 온다더라."

"드라마 인 드라마요?"

서재진이 하차한 자리를 메꿀 인물.

가만히 휴대폰 게임에 열중하던 제현조차 고개를 들었다.

창밖으로 낯선 차가 보일 법도 한데, 딱히 눈에 띄는 차량은 없다.

"새 멤버가 나도 누군지는 못 들었는데. 가서 직접 만나봐."

"모르는 사람이겠죠?"

유심히 창밖을 내다보는 상준을 보곤, 조승현 실장이 피식 웃음을 터뜨렸다.

"잘 다녀와."

"네, 갔다 올게요!"

서재진의 촬영분을 다시 찍어야 하니, 고된 작업이었지만.

오늘 촬영 후에 '드라마 인 드라마' 첫 번째 방송이 나가게 된다.

상준은 떨리는 심정으로 촬영장에 발을 내디뎠다.

뒤를 졸졸 따라오는 제현을 데리고 들어가자, 강주원의 얼굴이 보였다.

"선배님, 안녕하세요!"

"어, 그래."

마이픽 일로 신경을 많이 썼는지, 그새 핼쑥해진 얼굴이다.

출연한 연습생들을 상대로도 워낙 악플이 이어지다 보니, 강주원은 걱정스러운 눈길로 상준을 돌아보았다.

"괜찮아?"

"저는 괜찮아요. 선배님은 괜찮으세요?"

최 실장에게 워낙 갖은 구박을 당한 터라 멘탈이 강한 덕도 있었지만, 실제로 상준을 향한 악플은 덜한 편이었다.

대놓고 이 PD가 차별했던 편집 분량이 오히려 도움이 된 셈이었다.

—와 진짜 미친 거 아니냐. 대국민을 상대로 사기를 쳐?

└꼬박꼬박 투표한 내 시간 돌려주세요

└이거 안 밝혀졌으면 강 저대로 데뷔했던 거임?

└애들은 죄가 없어요. 이 PD를 욕해주세요 ㅠㅠ

└다 알고 있었을걸?

└짜고 치는 판 ㅗㅜㅑ

—이 피디 감방 보내기 국민 청원입니다.

└참여해 주세요

└좋은 일 하시네요. 누르고 왔습니다.

└ㄱㄱ

이번 일이 꽤나 충격적이었는지, 마이픽 조작 관련 키워드는 실시간검색어에서 내려갈 생각을 안 했다.

한 달 전에 달렸던 댓글은 성지 순례 때문에 난리가 났고.

─야, 편집도 이렇게 밥 먹듯이 사기 치는데. 순위는 믿을 만한
거 맞냐.

ㄴ와 이걸 예측했네.

ㄴ성지 순례 왔습니다. 대학 붙게 해주세요.

ㄴ성지 순례 왔어요. 이 피디 감방 가게 해주세요.

ㄴ올해도 만수무강…….

강주원은 쓸쓸한 표정으로 고개를 떨구었다.

이번 일로 너무 많은 연습생들이 상처를 받았다.

정작 화살이 향해야 할 곳은 다른 곳임에도.

원래 데뷔 조에 포함되어 있던 연습생들은 다 알고 있었던 거
아니냐고 질타까지 받았고.

무거운 심정으로 댓글창을 내리던 순간.

최서예 작가의 명랑한 목소리가 촬영장을 울렸다.

"새로 오신 분 인사드려요!"

"어, 누구야?"

"누구 왔나 본데?"

스태프들이 웅성거리는 곳에, 조용해 보이는 한 친구가 조심
스레 걸어왔다. 대단한 밴이 온 것도 아닌 걸 보아하니, 신인배우
인가 싶어 고개를 돌렸던 찰나.

상준은 놀란 눈으로 입을 벌렸다.

"안녕하십니까!"

경직된 목소리로 입을 연 건, 상준에게 너무도 익숙한 얼굴이었다.

"네가 왜 여기에⋯⋯?"

"저 여기 섭외됐어요."

"정말?"

김하운.

마이픽 논란이 불거지고 가장 큰 희생양으로 떠오른 그였다.

하지만 중소 기획사의 연습생이라는 이유로 순위에서도 밀려난 안타까운 사연이 오히려 반등할 수 있는 기회를 주었다.

최서예 작가도 그런 면에서 그를 캐스팅한 거였고.

서재진에 의한 논란을 메꿀 수 있는 사람이니까.

"이야, 잘됐네."

상준은 진심 가득한 목소리로 말을 뱉었다.

중소 기획사의 연습생이니만큼, 데뷔가 무산되면 그냥 묻힐지도 모르는 일이다.

그렇기에 '드라마 인 드라마'에 출연한다는 것 자체가 하운에게는 큰 기회였다.

상준은 들뜬 목소리로 하운을 위한 대본을 챙겼다.

"대본 한번 읽어보고. 궁금한 거 있으면 다 물어보고. 또, 물도 여기 있으니까 마시고, 아니면 잠깐 쉬고 있을래?"

넘치는 그의 열정답게 쏟아지는 목소리.

속사포로 이어지는 상준의 말에 제현이 찬물을 끼얹었다.

"그거 다 동시에 못 할 것 같은데."

"크흠."

언제나 해맑게 일침을 가하는 제현이다.

상준은 헛기침을 하며 조심스레 대본을 내밀었다.

서재진이 나오는 파트만 하운이 재촬영해 주면 되는데.

문득, 불안한 기억이 상준의 머리를 스쳤다.

"아, 그런데 말이야."

"네, 형."

한참을 망설이던 상준이, 하운의 눈치를 보며 입을 열었다.

메인작가가 상준이었기 때문에 사실 대강의 스토리를 짠 건 그였다.

으음.

은근히 하운의 눈을 피하던 상준이 과감하게 말을 뱉었다.

"네 역할이 조금……."

"네."

"많이 굴러."

조금 많이 구른다.

거의 매 씬마다 달리고 넘어지고 물에 빠질 정도로.

빠르게 흔들리는 상준의 눈을 본 하운이 놀란 눈으로 물었다.

"구른다고요……?"

"그게……. 네가 맡을 줄은 몰랐거든, 이 역할."

대강 의미를 짐작한 제현이 쿡쿡대며 고개를 떨구었다.

원래는 하운이 아닌 재진이 맡았을 역할이니.

상준의 표정에게서 하운은 대강 눈치를 챌 수 있었다.

"아."

하운은 깊은 탄식을 터뜨리며 대본을 확인했다.

매일 밤, 서재진의 얼굴을 떠올리며 분노에 찬 상준이 만들어 낸 일종의 걸작.

상준이 해맑은 목소리로 말을 이었다.

"아주 조금……."

"……."

"사심을 담았거든."

상준의 한마디에 하운이 고개를 저으며 한숨을 뱉었다.

"아니, 그런데 왜 제가 구르냐고요."

"운이 나쁜 거지."

"허어, 너무하시네."

능청스럽게 받아치는 하운에 상준이 웃음을 터뜨리던 순간.

아린이 반가운 낯빛으로 끼어들었다.

"헉, TV에서 봤어요! 두 분을 이렇게 동시에 만날 일이 생길 줄이야."

흥분한 나머지 대본을 세게 움켜쥐는 아린이다.

살짝 구겨진 대본을 보고 뒤늦게 놀란 눈이 된 아린은 신이 난 목소리로 말을 이었다.

"제가 두 분 다 뽑았거든요! 완전 팬이에요, 진짜로!"

"정말요?"

"크으, 진정한 팬이세요. 여기."

"맞아요. 제가 진짜 팬이거든요."

서재진이랑 나란히 있을 때는 껄끄러운 분위기 속에 이어지던 촬영이, 이렇게나 밝아졌다.

상준은 오랜만에 홀가분한 기분으로 촬영에 나섰다.

"자, 다음 씬 시작합니다!"

촬영장의 분위기가 좋다는 건 분명 좋은 신호다.

모든 게 술술 풀릴 것 같은 기분.

'잘될 것 같다.'

하지만, 이때의 그들은 몰랐다.

'드라마 인 드라마' 첫 방송의 성적이 이 정도로 잘 나올지는.

     *   *   *

"이야, 첫 방송부터 시청률 15프로가 말이 돼?"

'드라마 인 드라마'의 첫 방송은 말 그대로 대박이었다.

서재진에 대한 빠른 대처와 클린한 상준의 이미지까지 더해지면서, 대중의 관심이 이쪽으로 쏠렸기 때문이었다.

"봐봐, 내가 잘될 줄 알았다니까. 다들 모입시다!"

"자, 드라마 인 드라마 대박을 위하여!"

"위하여!"

잔뜩 신이 오른 회식 자리.

'드라마 인 드라마'의 촬영을 끝낸 출연진들은 모여 앉아 콧노래를 흥얼거렸다.

서재진의 논란으로 한 차례 위기가 왔지만, '드라마 인 드라마' 첫 방송에선 서재진의 얼굴을 찾아보기 힘들었다.

"다들 고생했어."

위대한 편집의 기술이다.

두 번째 방송부터는 하운이 나올 예정이니, 걱정도 한결 덜었다.

피디는 안도의 한숨을 내쉬며 제작진들을 독려했다.

"웹드라마도 대박 내고! 시청률도 다 씹어먹어 버립시다!"

우렁찬 목소리가 회식 자리를 흔들어놓았다.

맥주를 연신 따르던 강주원은 감탄과 함께 말을 뱉었다.

"진짜 대박 나긴 했다니까. 나도 이런 경우는 처음이네."

예능프로그램 첫 시청률로는 엄청나게 선방한 수치였다.

첫 방송 만에 동 시간대 예능들을 한 번에 따라잡은 성과다.

요즘 금요일 밤에 볼 게 그렇게 없다며 중얼대던 시청자들의 마음을 단번에 사로잡았다.

"거봐. 대박 날 거라고, 내가 딱 느낌이 왔다니깐!"

'마이픽'의 논란 이후로 우울해져 있던 강주원은 뜻밖의 기회에 상기된 얼굴이었다.

그리고 그 중심에는.

상준이 있었다.

"이게 다 상준이 덕분이지."

"맞아요. 맞아."

최서예 작가가 고개를 끄덕이며 말을 얹었다.

마이픽에서도 단연 인지도가 높았던 상준이다 보니, 이번 '드라마 인 드라마'의 흥행에도 많은 기여를 한 그였다.

「'마이픽' 원조 1등 나상준이 누구? 시청자들의 관심이 쏠려」

「'드라마 인 드라마'로 예능 데뷔하는 나상준 연습생」

「'드라마 인 드라마', '나상준 효과'로 시청률 고공 상승」

「첫 방송 만에 동 시간대 예능 1위, '드라마 인 드라마'의 저력은?」

쏟아지는 기사들과 대중들의 관심.

분명 그 위에 숟가락을 올린 건 사실이지만, 쟁쟁한 선배들이 이렇게 많은데.

상준은 여유로운 얼굴로 웃으며 고개를 숙였다.

"아닙니다. 다들 응원해 주신 덕분이죠."

"겸손한 거 봐."

"다들 각본 기대한다고 난리던데, 뭐."

엄지손가락을 치켜올리며 내뱉은 은솔의 말에, 상준의 얼굴이 달아올랐다.

콸콸. 맥주잔이 가득 차자, 상준은 단번에 잔을 비웠다.

'그래도 다행이네.'

조승현 실장이 보여주는 수많은 기사들을 보며, 상준이 얼마나 감격에 잠겼던가.

하루가 다르게 쏟아지는 기사들에, JS 엔터의 마케팅까지 더해지면서.

상준은 데뷔도 전에 이미 인기 신인의 반열에 올라 있었다.

알코올의 기운 탓에 알딸딸해진 얼굴로 앉아 있던 상준에게, 불쑥 질문이 들어왔다.

"상준이는 곧 데뷔 앞두고 있지?"

은솔이 호기심 가득한 눈길로 물었다.

"네, 뭐. 그렇죠."

아직 데뷔일이 잡히진 않은 터라, 상준은 자세한 설명 대신 고개를 끄덕였다.

운이 좋아서 데뷔 전부터 각종 프로그램을 돌아다니고 있긴 하지만.

데뷔. 그 한 단어를 듣기만 해도 온몸이 설레는 기분이었다.

"데뷔…… 데뷔하면 얼마나 행복할까요."

순수한 상준의 한마디에 강주원이 웃음을 터뜨렸다.

까마득한 선배의 입장에서는 참으로 신인다운 말이라는 생각이 들어서였다.

자신도 10여 년 전에 같은 생각을 했었으니까.

강주원은 맥주 한 모금을 들이켜고는 말을 던졌다.

"행복이라. 데뷔하면 처음에는 그러거든. 진짜 세상을 다 가진 거 같고."

"네."

"그런데."

강주원의 미소에는 은근히 쓸쓸함이 담겨 있었다.

십 대의 어린 나이에 연예계에 데뷔해 지금까지 수없이 일했다.

달라진 점이라고는 아이돌로 데뷔했던 그때와는 달리, 지금은 능숙한 예능 MC가 되었다는 것.

그 와중에도 정말 볼 꼴 못 볼 꼴은 다 본 그였다.

"꼭 아름답지만은 않더라고."

"그렇죠."

그건 상준도 몸소 경험한 바였다.

이 PD의 갖은 수작과 조작 혐의.

팬들의 의혹 제기가 없었다면 꼼짝없이 그 계략에 휘말렸을 연습생들이었다.

강주원은 너털웃음을 터뜨리며 말을 이었다.

"이번에도 그렇잖아. 이 피디 소문이야 늘 안 좋았지만, 그렇게까지 할 줄은……."

혀를 차며 말을 늘어놓던 강주원은, 놀란 눈으로 고개를 돌렸다.

"어!"

"이 피디다!"

은솔도 두 눈을 번쩍 든 채 손을 들었다.

그녀가 손가락으로 가리킨 곳에는, 음식점 벽에 박혀 있는 텔레비전이 있었다.

—'마이픽' 조작 혐의를 받고 있는 이명석 피디가 수사를 받으러 가고 있습니다.

아나운서의 차분한 말과 함께, 고개를 숙인 채 수사를 받으러 향하는 이 PD가 화면에 들어왔다.

"저거, 저거 아주 쓰레기야!"

스태프 중 한 명이 울분을 이기지 못하고 욕설을 뱉어냈다.

강주원 역시 혀를 차며 뉴스를 빤히 응시했다.

여기서 그들이 쏟아내는 욕설이 들릴 리는 없지만.

이미 이 PD에겐 수많은 비난이 쏟아지고 있었다.

—야! 이 쓰레기 같은 자식아!

—애들 꿈을 가져다가 그렇게 팔아 치우고 싶었냐!

—구속해라! 구속해라!

화면 너머로 들리는 수많은 함성들.

'마이픽'의 열혈 팬이었던 무리들까지도 이 PD를 기다리고 서 있었다.

자신의 아티스트를 응원했던 만큼 밀려오는 배신감.

―왜 조작을 하신 건가요?

―뇌물 수수 혐의가 사실입니까!

쏟아지는 기자들의 질문에, 이 PD는 겁에 질린 기색이 되었다.

"저러고 싶을까."

상준은 혀를 차며 뉴스 화면을 노려보았다.

멍청한 얼굴로 덜덜 떨고 있는 이 PD.

연습생들의 사소한 얼굴 표정마저도 담아내던 그처럼, 뉴스 화면은 이 PD의 얼굴을 실시간으로 잡아내고 있었다.

그 순간.

―꺄아악!

화면 너머로 비명이 터져 나왔다.

갑작스레 벌어진 상황.

카메라조차도 분주하게 움직이고 있었다.

―아악! 던지지 마세요! 던지지 마시라고요!

이 PD는 질색하며 머리를 감싸 쥐었다.

그런 그의 정장 위로 노란 국물이 주르륵 흘러내렸다.

계란을 던져대다가 급기야 밀가루를 뿌리는 이들.

"허어. 가관이네."

가만히 TV 화면을 응시하던 강주원이 혀를 찼다.

"진짜 가관이네요."

은솔도 고개를 끄덕이며 강주원의 말에 동감했다.

계란과 밀가루 범벅이 되어 울상이 된 이 PD의 모습.

은솔은 이 PD를 유심히 지켜보고는 말을 뱉었다.

"흐음. 저 상태로 구워도 바로 빵이 나오겠는데요?"

"은솔 씨, 요즘 너무 베이킹에 빠진 거 아냐?"

"아, 근데 맛은 없겠다."

까마득한 선배들의 대화 앞에서, 상준은 터져 나오는 웃음을 참지 못했다.

은솔의 비아냥이 똑바로 먹힐 만큼, 지금의 이 PD는 한없이 초췌한 모습이었다.

그가 KBC를 쥐고 흔들 정도의 권력을 지닌 사람이었다는 걸.

유난히 작아 보이는 저 뒷모습을 보고 짐작이나 할 수 있을까.

상준은 깊은 깨달음이 담긴 한마디를 뱉었다.

"역시 사람은 착하게 살아야 해요."

"그럼. 상준이가 뭘 좀 아네."

"이야, 도덕적인데?"

곳곳에서 깔깔대는 웃음소리가 터져 나왔지만.

상준은 아무래도 상관없다는 표정으로.

─으아아악!
─던지지 말라고!

스크린 너머로.
사람들에게 둘러싸여 고통받는 이 PD를 바라보았다.

*　　　　　*　　　　　*

좁디좁은 숙소 안.
"와. 이번 주 대사 왜 이렇게 많아?"
상준과 제현은 마주 보고 앉아 대본을 외우고 있었다.
「연기 천재의 명연」.
상준이 대여한 재능은 이번에도 제 몫을 확실히 했다.
몇 번 훑자마자, 대본의 내용이 기적처럼 머릿속으로 들어온다.
'완벽히 그려지는 이미지.'
희성을 오로지 자신에게 씌워낸 느낌.
온전히 희성 그 자체가 된 것처럼, 상준은 무거운 발걸음을 내디뎠다.
겁이 많지만 정의로운 인물.
희성이라면 이런 표정, 이런 시선 처리로 상대방을 바라보지 않았을까.
이 걸음걸이, 손동작, 사소한 감각까지도 희성이 되어 깨어나는 기분이다.

"됐다……."

본인이 쓴 글이라 더욱 그런 것도 있었지만, 이 재능만 있다면 사실상 연습할 이유도 없었다.

하지만.

'너무 재능에 의존하지 말아요.'

그 말을, 상준은 잊지 않았다.

그 때문에 상준은 짬을 내어 연기 연습에 상당한 시간을 쏟아붓고 있었다.

「연기 천재의 명연」

―입문자편.

―대본의 내용을 완벽하게 숙지할 수 있습니다.

―사람들이 당신의 연기력에 일부 감화됩니다.

―연기력 부가 효과 20%

―?: 78,930/200,000

그럼에도 아직 한참이나 남았지만.

상준은 결연한 표정으로 주먹을 쥐었다.

"형이 이 부분 대사 해볼 테니까. 주고받아 보자."

"오케이."

제현은 고개를 끄덕이며 배역에 집중했다.

저승듀스 56에 참여하게 된 뒤에, 첫 번째 관문을 앞둔 이들의 긴장감이 담긴 장면이다.

상준은 머릿속의 세트장 위에 자신을 세웠다.

화염이 솟아오르는 불기둥.

잘못 헛디뎠다가는 용암으로 떨어질지도 모르는 위태위태한 다리.

뼈를 시리게 할 정도로 서늘한 바람까지.

이제 이 살벌한 세트장 위에서, 대사를 읊으면 된다.

희성: *(기겁하며)* 아래 용암이 있어요!

일우: *(인상을 찌푸리며)* 아니, 어쩌라는 거야! 그냥 죽으라는 거야?

서진: *형, 저희 이미 죽었어요.*

시시때때로 투덜거리는 일우의 역할은 하운.

4차원의 저승사자 지망생 서진 역할은 제현이 맡았기에.

희성 역을 맡은 상준이 먼저 입을 열었다.

온전히 그 장면을 그리며.

"하… 하아……."

상준은 거친 숨을 몰아쉬었다.

불기둥의 화염이 온몸을 달구는 것만 같았다.

목전까지 다가온 죽음의 공포가, 상준을 한층 옥죄었다.

"아래 용암이 있어요!"

다급한 상준의 목소리.

그다음으로 이어질 김하운의 대사를 머릿속으로 읊고선.

"형."

제현이 한심하다는 눈빛으로 말을 뱉었다.

"저희 이미 죽었어요."

담담하지만, 제현만이 담아낼 수 있는 특유의 뻔뻔한 목소리.

바로 오케이 사인이 들어갈 법한, 흠잡을 데 없는 연기였다.

"아."

상준은 만족스럽다는 눈길로 제현을 돌아보았다.

아무리 대사가 많아도 하나하나의 대사에 혼을 쏟는다.

그게 그들이 대본을 익히는 방식이었다.

"우리 좀 잘하는 것 같아."

해맑게 제현이 내뱉은 말에, 상준이 피식 웃음을 흘렸다.

굳이 말을 해주지 않아도 제가 잘했다는 걸 스스로도 잘 안다.

상준은 기특하다는 눈길로 제현을 바라보고는 말을 이었다.

"자, 자만하지 말고. 다음 장면 가자."

"오케이."

초콜릿 하나를 꺼내 오물거리던 제현은, 곧바로 대본에 집중했다.

이다음 씬은, 실수로 발을 헛디딘 서진이 용암에 빠질 뻔한 장면이다.

죽을 위기에 빠진 서진을 희성이 구하는 씬.

서진은 겁에 질린 목소리로 비명을 지른다.

그런 그를 구하기 위해 달려가는 희성.

서진: (다급하게) 형, 살려주세요!

실제로는 아무것도 없는 세트장에서 용암을 보고 겁에 질린 모습을 담아내야 한다.

연기 초보인 둘에게는 다소 어렵게 느껴질 수 있는 장면이지만.

제현은 숙소 거실 한가운데로 향했다.

이곳에 불기둥이 있다고 생각하고.

앞으로 나가려다 발을 헛디디는 제현.

"아아아악! 아아악!"

제현은 멀쩡한 거실 바닥 위에서 숙소가 떠나가라 고성을 지르기 시작했다.

엄청난 비명 소리에 방에 들어가 있던 선우가 달려 나왔다.

"왜, 왜! 무슨 일이야!"

황급히 달려 나온 선우가 놀란 눈으로 물었지만, 이미 불기둥 한가운데에 정신을 두고 온 제현은 듣지 못했다.

온몸으로 난리를 치며 고통스러워하는 제현.

선우는 그런 막내의 열연에 충격을 받은 얼굴이 되었다.

"냅 둬. 연기 중이래."

"난 또 제현이 사탕 떨어뜨린 줄 알았네."

"사탕 떨어지면 저러긴 하지."

형들의 수군거림에도 아랑곳하지 않고.

연기에 온힘을 쏟아붓던 제현은.

"아아아악! 아악, 어?"

갑자기 찾아온 침묵 앞에서 놀란 눈이 되었다.

"실… 실장님?"

"제현아, 너 어디 아파?"

걱정되는 눈길로 제현의 이마부터 짚는 조 실장.

기쁜 소식을 전하고자 부랴부랴 숙소를 찾았는데.

애가 빽빽거리며 소리를 지르고 있으니 놀랄 만하다.

"어흑."

상준은 자꾸만 터져 나오는 웃음을 입으로 가렸다.

모두 자신을 향하는 시선 탓에, 가만히 서 있던 제현의 귀가 붉게 달아올랐다.

'미리 말해줬어야지.'

제현이 삐진 얼굴로 상준을 노려본다.

아무리 생각해도 배신감이 치밀어 올라서였다.

하지만, 그것도 잠시.

조승현 실장은 고개를 까닥이며 말을 이었다.

"뭐, 안 아픈 거라면 됐고."

지금 이럴 때가 아니다.

뛰어온 건지 상기된 얼굴로, 조승현 실장은 다급하게 서류를 뒤적였다.

"지금 내가 급하게 전해야 할 말이 있어서."

"……."

"다름이 아니라……."

노란색 서류를 힘겹게 찾아낸 조승현 실장은, 떨리는 목소리로 입을 뗐다.

침묵 속에서 묵직한 한마디가 숙소에 울려 퍼졌다.

"너네, 데뷔일 잡혔다."

*　　　　*　　　　*

"데뷔요? 데뷔요?"

"와아악! 진짜요? 언젠데요?"

"와……. 나 믿기지가 않아……."

조승현 실장의 한마디는, 고요하던 숙소에 폭풍을 불러오기에 충분했다.

선우는 눈물까지 글썽이며 서 있었고, 유독 감정 표현을 안 하던 제현과 유찬도 감격스러운 얼굴이었다. 도영은 가장 격하게 날뛰었고.

"꺄아아! 동네 사람들! 저 데뷔래요! 데뷔한대요!"

"야, 저거 잡아 와."

동네가 떠나가라 외치고 있는 도영에, 조승현 실장이 기겁한 얼굴로 외쳤다.

미처 날뛰는 도영을 진정시키는 건, 오늘도 유찬의 몫이었다.

"넥 슬라이스!"

"꾸엑."

바닥에 엎어진 도영을 질질 끌고선 돌아오는 유찬.

상준은 그 와중에도 온몸을 휩싸고 있는 감격에서 쉽게 헤어 나오질 못했다.

"데뷔……."

비록 강주원이 냉정하게 현실을 짚어주긴 했지만.

데뷔는 여전히 뜨거운 로망이었다.

동생과의 약속을 이루기 위한 첫걸음이기도 했고.

'앵콜! 앵콜! 앵콜!'

상준은 음악방송 무대 때 자신을 응원하던 팬들의 목소리를 기억했다.

사방에서 쏟아지는 함성 소리. 무대 위의 자신을 올려다보던 수많은 시선들.

그때 느꼈던 그 전율이 그대로 발끝에서부터 타고 올라왔다.

마이픽을 통해 경험을 얻었다고 해서 그 설렘까지 잃은 건 아니었다.

벅찬 그 감정.

데뷔를 하게 된다면, 우리의 곡으로 우리의 무대를 만들어낼 수 있지 않을까.

설렘 가득한 얼굴로 자신을 돌아보고 있는 멤버들을 향해, 조승현 실장이 말을 뱉었다.

"너네 데뷔일은 6월 21일. 얼마 안 남았으니까, 바로 앨범 작업 들어갈 거야."

"와, 앨범……."

"아, 그리고."

조승현 실장은 신이 난 얼굴로 고개를 돌렸다. 장난기가 가득한 눈빛으로, 조 실장이 입을 열었다.

"너네 그룹명을 정해야 하거든."

"허억."

멤버들 사이에서 탄성이 튀어 나왔다.

데뷔앨범에 그룹명까지.

이제 슬슬 데뷔한다는 실감이 난다.

오두방정을 떨던 도영이 활기찬 얼굴로 손을 들었다.

"저요, 저! 아이디어 있어요!"

"나도 아이디어 있는데."

제현의 한마디에, 모두 입을 다물었다.

제현이 제 입으로 의견을 내는 것 자체가 드문 터라, 선우가 놀란 눈으로 부드럽게 물었다.

"뭔데? 말해봐."

"음, 저희도 조금 혁신적인 걸로 하면 어떨까요."

"혁신적인 거?"

21세기의 아이돌 사회에서 주목받으려면 좀 더 독특한 이름이 필요하다며, 제현은 그답지 않게 서론을 열었다.

장황한 설명은 은근히 그럴싸했지만, 문제는 그다음 의견이었다.

"망고빙수나 콜라슬러시, 이런 건 어때요."

"저거 지가 먹고 싶은 거 얘기하네."

"특색 있잖아요."

한 치의 망설임도 없는 저 당당함.

도영이 혀를 차며 말을 돌렸다.

"야, 아이돌은 간지야. 간지 몰라? 너 음악방송 나가는데, 이번 주 1등은 망고빙수입니다! 와아아아! 이럴 거야?"

"역시 초코빙수가 더 멋있나……?"

"그게 논점이 아니지 않을까?"

상준은 당황한 눈을 끔뻑이며 조승현 실장을 돌아보았다.

이렇게 된 이상 정상적인 의견을 내줄 사람은 그밖에 없다.

초롱초롱한 눈동자, 자신을 빤히 바라보는 다섯의 눈길에 조 실장은 웃음을 터뜨렸다.

"사실 회의에서 제시한 게 있거든. 나쁘지 않은 것 같아서."

"와, 뭔데요?"

주섬주섬 서류를 꺼낸 조 실장은 긴장한 기색으로 최종본을 들이밀었다.

이미 수없이 많은 아이돌들이 쏟아지는 상황에서, 그럴싸한 그룹명을 추려내기조차 버거웠다. 다들 한데 모여 한참을 고민한 결과는 이랬다.

가요계의 탑.

새로운 역사를 쓰는 보이 그룹이 되자는 의미에서.

"탑보이즈는 어때?"

"흠."

조 실장의 한마디에 잠깐의 침묵이 흘렀다. 그룹의 색깔을 보여주는 이름인 만큼, 멤버들의 의견도 중요했다.

혹여 단번에 거절을 당할까 봐, 조 실장은 은근히 걱정되는 눈치로 멤버들을 살폈다.

'탑보이즈……'

가요계의 탑.

다른 말은 그렇다 치더라도 그 말이 퍽 끌렸다.

마치, 정말 꼭대기에 오를 수 있을 거 같은 기분.

턱을 쓸며 고민하던 상준은 천천히 고개를 들었다.

"좋네요."

"저도."

선우 역시 미소를 흘리며 고개를 끄덕였다.

도영과 유찬의 반응도 긍정이었다.

까다로운 제현마저도 완전히 꽂힌 듯 세차게 고개를 끄덕였다.

"탑보이즈라니."

새롭게 지어진 이름.

그 이름 하나를 얻기 위해서 했던 수많은 노력들이 머리를 스쳤다.

재능이 없어서 좌절했던 모든 순간들과, 마이픽에 나서서 처음으로 대중의 관심을 받았던 순간들. 마지막으로, 이렇게 데뷔를 앞둔 설렘까지.

이제 정말 소속된 그룹이 생기는 것 같아, 가슴이 벅차왔다.

"자, 파이팅 한번 하자!"

상준이 미소를 지으며 크게 외쳤다.

상준의 한마디에 멤버들이 모두 손을 얹었다.

"자자, 모여 모여!"

지금 이 두근거리는 떨림을 그대로 담아.

정상에 오르는 그 순간까지, 영원히 함께하기를 빌며.

"탑보이즈! 파이팅!"

"파이팅! 파이팅! 파이팅!"

우렁찬 그들의 목소리가 숙소를 흔들었다.

＊　　　　＊　　　　＊

정면에 설치된 카메라.

분주한 회사 직원들의 움직임이 끝나고 나서야 쓸 만한 촬영장이 만들어졌다.

상준은 긴장한 얼굴로 정신없이 일을 거들었다.

"와아. 미쳐, 나 진짜 죽을 거 같아."

도영은 옆에서 호들갑을 떨며, 다시 한번 카메라에 비치는 자신의 모습을 체크하고 있었다.

선우 역시 머리칼을 정돈하는 데에 여념이 없었다.

탑보이즈.

지어진 지 겨우 하루밖에 안 된 따끈따끈한 그룹명이지만.

오늘은 그 그룹명을 세상에 알리는 날이었다.

그것도 실시간 방송 어플인 유이앱으로.

조승현 실장이 다급한 목소리로 말을 던졌다.

"야, 야. 다들 준비해! 곧 시작할 거야!"

유이앱 촬영 시간은 5시.

이미 인터넷에는 첫 유이앱이라며 대대적으로 홍보를 뿌려놓은 상태였다.

다소 상큼한 제목과 함께.

「JS 엔터 새싹이들 유이앱 첫 방!」

유이앱 상단에 뜬 제목을 확인한 선우는 심장을 부여잡고 말을 뱉었다.

잔뜩 신이 난 낯빛이다.

"새싹이래."

유찬이 혀를 차며 선우의 동심을 받아쳤다.

"형은 잡초지."

"야."

"잡초래, 잡초. 아하학…… 악!"

유찬의 돌직구에 깔깔거리던 도영은 그대로 바닥에 처박혔다.

유이앱 시작도 전에 난리냐며 조승현 실장이 혀를 찼지만, 이미 반쯤은 포기한 그였다.

'저렇게 해맑은 게 매력이지.'

청량돌.

단체로 카리스마와는 거리가 먼 이미지라, 밝은 분위기의 컨셉이 차라리 어울렸다.

저들끼리 신난 멤버들의 모습을 돌아보며, 조 실장은 은은한 미소를 흘렸다.

과연 저 아이들이 가요계를 뒤흔들 수 있을까.

그 어느 누구도 쉽게 단언할 수는 없지만.

'잘됐으면 좋겠다.'

오랫동안 멤버들을 봐온 입장에서.

조승현 실장의 머릿속에는 그 생각만이 가득했다.

그 역시도 멤버들처럼 떨리는 마음으로 방송을 대기했다.

그렇게 몇 분이 지났을까.

"자, 이제 방송 들어갑니다!"

직원의 한마디에, 상준은 두 눈을 반짝이며 카메라를 응시했다.

하나, 둘, 셋.

짧은 외침과 함께 카메라에 붉은 불이 들어왔다.

정면을 응시하고 있던 멤버들이 동시에 우렁찬 인사를 뱉었다.

"안녕하세요, 여러분! 탑보이즈입니다!"

생기 넘치는 인사지만, 어딘가 어설픈 모양새에 가만히 서 있던 조승현 실장은 웃음을 터뜨렸다.

그중에서도 그나마 침착함을 유지하고 있는 건 상준.

「위대한 언변술」.

반짝이는 재능으로 상준은 입을 열었다.

강주원을 불러왔다고 해도 믿을 정도로 능숙한 진행 솜씨.

상준은 박수를 치며 카메라를 똑바로 응시했다.

"저희의 그룹명이 드디어 정해졌습니다!"

"와아아—!"

오늘도 음향 효과를 맡는 건 도영의 몫.

상준은 당황하지 않고 그룹명의 의의를 밝혔다.

가요계의 탑을 찍겠다는 당찬 포부에, 댓글창이 실시간으로 내려가고 있었다.

눈으로 좇기도 바쁠 정도로 빠르게 내려가는 댓글들.

실시간 방송을 처음 경험하는 선우의 두 눈이 동그래졌다.

─헉, 미친. 데뷔일 언제예요?

─새싹이들 데뷔 언제야????

─6월 21일이래요. 소속사 피셜 뜸

─ㅁㅊㅁㅊ 이쪽도 봐줘요.

상준은 고개를 끄덕이며 댓글들을 하나하나 읽어 내려갔다.

물밀듯이 밀려오는 시청자들.

시청자들이 누르고 있는 빨간 하트가 유이앱 화면 위로 떠올랐다.

진심을 담은 하트.

팬들이 누르는 대로 올라가는 수치다 보니, 말 한마디를 내뱉는 순간에도 실시간으로 올라가고 있었다.

치솟고 있는 숫자에 상준은 경악한 얼굴이 되었다.

"와, 벌써 몇만……."

신인 아이돌이라고는 믿기지 않을 수치다.

첫 방송이니 크게 기대하지는 말라던 조승현 실장의 우려도 그저 한낱 걱정에 불과했다는 걸 증명하듯, 댓글들은 정신없이 말을 걸어왔다.

―헤비메탈 들려주세요

―아리랑 들려줘!!!

―데뷔앨범 스포해 주세요 ㄱㄱㄱ

'마이픽'에 이어 '드라마 인 드라마'까지.

상준의 인지도는 이미 데뷔한 아이돌이라고 봐도 무방했다.

쏟아지는 하트만큼 많은 관심을 받고 있다는 사실이 새삼 실감이 났다.

"헤비메탈이요?"

팬들과의 소통이 가장 중요한 라이브 방송이다.

상준은 미소를 지으며 팬들의 요구를 하나씩 확인했다.

그의 얼굴이 화면 가까이로 다가가자마자, 팬들의 댓글이 홍수처럼 밀려왔다.

―와, 미쳤다

—꺄아아아아

—진짜 잘생겼어요!!!!

—이곳이 무덤인가요…….

후광이 없어도 카메라를 환하게 비출 법한 비주얼.

반응이 폭발적으로 증가하자, 이때다 싶은 도영이 곧바로 판을 깔았다.

"자, 우리 프로 형 무대 나갑니다! 히즈 곤!"

"와아아아악!"

유찬도 저렇게 판을 깔아주니 나갈 수밖에 없다.

"보여드리겠습니다."

상준은 붉게 달아오른 얼굴을 식히며 마이크를 붙들었다.

'마이픽'에서 상준을 있게 한 헤비메탈 공연.

이제는 제법 능숙한 시선으로 카메라를 바라보며 미소를 지었다.

자신을 응원해 주는 수많은 사람들.

이들을 잠시나마 행복하게 해주는 일이 너무도 좋아서.

자꾸만 이 마이크를 손에 쥐게 된다.

하지만, 오늘은 단순히 히즈 곤 하나를 부를 생각은 아니었다.

그때, 도영이 툭 던져주었던 주문이 너무 매력적이었으니.

'형, 그거 해봐라.'

'뭐?'

'아리랑이랑 헤비메탈.'

콜라보레이션이 주제였던 2차 경연 당시에 도영이 꺼냈던 말.

그 사소한 한마디조차 상준은 잊지 않았다.

상리랑과 메탈상준까지.

상준을 부르는 별명의 양대 산맥이다 보니.

두 무대를 믹스해서 보여주면 어떨까.

"그런데 오늘은 조금 색다른 무대를 준비해 봤어요."

—이번엔 판소리임???

—대체 뭐가 나올까

—뭐든 일단 좋을 것 같다……!!

—상상도 못 한 선곡 ㄴㅇㄱ

남들은 괴상한 의견이라고 혀를 차겠지만, 상준은 미리 준비해 뒀었다.

아리랑과 히즈 곤의 믹스 버전.

상준은 담담한 목소리로 입을 열었다.

"다들 아리랑이랑 메탈 버전을 너무 좋아하셔서."

"아……."

뒤에서 도영의 짧은 탄식이 이어졌다.

대강 무슨 말이 이어져 나올지 아는 도영은 반쯤 해탈한 얼굴로 상준을 바라보았다.

상준은 부드러운 미소와 함께 말을 뱉었다.

"믹스 버전을 준비해 봤어요. 한번 봐주세요."

─믹스???

─뭘 믹스하는데?

─아니 아리랑이랑 메탈을 믹스한다고?

─ㅇㅁㅇ;;

예상 밖의 전개에 당황한 팬들이 거듭 물음표를 띄워 올렸지만.

침착하게 마이크를 잡은 상준의 목소리 뒤로, 미리 준비해 둔 믹스 버전 mr이 부드럽게 깔렸다.

상준은 감정을 잡고 카메라를 돌아보았다.

아리랑의 구슬픈 편곡 버전 위로 깔리는 헤비메탈의 강렬한 사운드.

애타면서도 격정적인 멜로디가 뒤섞여 어우러지고.

상준의 애달픈 목소리가 시작을 열었다.

"아리랑─."

시작은 아리랑이지만.

곧바로 곡의 분위기가 물 흐르듯 자연스레 바뀌기 시작했다.

He's gone으로 넘어가는 파트에서 위화감을 줄이기 위해, 한국어 버전으로 개사까지 했던 상준이다.

아리랑의 구슬픈 가사만큼이나, 흡입력 있는 목소리가 촬영장을 울렸다.

아름다운 음색과 동시에, 하트는 한층 더 빠른 속도로 치솟았다.

"아리아리랑─."

"고개를 넘어서─."

"그는 갔어요오……."

―??????????

―???? 뭐임?

―너무 자연스러운데? 이상한데 자연스러워……!

―!!!

―고개를 넘어서 간 거였어?

충격에 빠진 댓글들과.

그에 못지않게 멍해진 멤버들의 얼굴이 카메라에 담겼다.

난생처음 들어보는 콜라보레이션.

우리의 소리와 세계의 소리를 한데 섞은 의아한 조합인데.

"그는 갔어어어어―."

아니, 이렇게 애달플 수가.

상준은 마이크를 움켜쥔 채, 노래에 흠뻑 빠져들었다.

신이 내린 목소리가 관객들의 넋을 놓게 만들었다.

그의 손으로 직접 써 내려간 아름다운 가사.

"가버려써어어어―."

"가버려써어어억!"

―아니, 가사 왜 이래;;

―누가 번역함??

―아니;; 근데 그 와중에 좋잖아…….

저렇게 직역일 줄은 몰랐던 개사에, 조승현 실장의 눈꺼풀이 빠르게 떨렸다.

헤비메탈과 아리랑의 조화라니.

마음 같아서는 반대하고 싶었던 도전을 가만히 놔뒀었는데.

놔두길 잘했다는 생각이 들었다.

온통 혼란에 빠진 댓글이지만.

조승현 실장 역시 같은 생각에 빠졌다.

분명 이상하다.

아니, 너무 이상한데.

"좋다……."

흠잡을 데 없는 가창력이 소름이 돋는 무대를 또다시 펼쳐내
고 있었다.

아리랑보다도, 헤비메탈 솔로 무대보다도.

둘이 합쳐져서 만들어내는 효과는 굉장했다.

마치 그것을 증명하듯, 하트 수는 빠르게 치솟았다.

매력적이고 애달픈 목소리가 마지막 소절을 마무리했다.

"그는… 갔어요……."

상준이 감성에 젖은 얼굴로 고개를 들었을 때.

모두 입을 다물지 못했다.

감동적인 무대. 라이브라고는 믿기지 않는 완벽한 무대.

그 여운에 모두들 잠겼기 때문이었다.

"……."

누구도 쉽게 입을 뗄 수 없었던 순간.

한참 동안 이어진 침묵을 깬 건, 스태프의 격양된 목소리였다.

"3억 하트요! 3억 하트예요!"

3억?

상준은 놀란 눈으로 화면을 응시했다.

무대가 끝나자마자 다시 쏟아지기 시작하는 댓글들 위로, 선명하게 박혀 있는 하트 수.

3억.

"3억이라니……."

중견급 아이돌이라면 모를까.

신인 아이돌이 유이앱에서 끌어낼 수 있는 하트 수가 아니다.

"말도 안 돼. 3억이라고?"

스태프들 쪽에서도 터져 나오는 함성.

첫 유이앱부터 믿기지 않는 수치에, 모두들 축제 분위기가 되었다.

그 순간, 도영이 해맑은 얼굴로 재잘댔다.

"와, 3억이요? 3억 명이 저희 걸 보고 있어요? 대한민국 인구가 몇 억이에요?"

"아니! 그건 아니야, 도영아."

도영의 일관적인 무식함이 빛을 발하자, 선우가 다급히 그의 입을 틀어막았다.

누르는 숫자대로 올라가는 하트다.

물론 3억 명이 보는 건 아니지만, 3억이라는 큰 숫자만큼 값진 수치라는 건 변함이 없었다.

"리액션! 리액션!"

선우의 다급한 외침에 상준이 가운데로 향했다.

3억 하트는 정말 예상도 못 했던 결과였기에.

상준의 얼굴은 감격에 가득 차 있었다.

"여러분, 정말 감사합니다. 제가……. 이 감사한 마음을 담아 개인기를 선보이도록 하겠습니다."

분명 유이앱 때 개인기를 선보일 기회가 있을 거라며.

조승현 실장이 미리 귀띔을 해줬기에 망정이었다.

개인기라면, 따로 준비한 게 있었다.

"앞구르기입니다."

"오오, 앞구르기!"

도영의 환호성과 함께, 상준은 결연한 주먹을 치켜올렸다.

앞구르기는, 초등학교 시절 집 앞 태권도장에서 갈고닦았던 기술.

그게 초등학교라는 게 살짝 문제긴 했지만.

'할 수 있다!'

절도 있는 동작으로 박수를 얻어내겠다고 다짐한 상준은, 그대로 몸을 던졌다.

3억 하트를 향한 감사의 보답으로 내던진 앞구르기.

그런데.

"앞구르기 합니다… 아아악!"

"상준아, 괜찮아?"

"형, 형!"

그렇게…….

또 하나의 흑역사가 생겼다.

*　　　　*　　　　*

드라마 인 드라마의 촬영장.

한데 모인 멤버들이 즐거운 얼굴로 목소리를 높였다.

"앞구르기 합니다아악!"

"나상준 선수의 앞구르기, 상당히 인상 깊은 무대였는데요. 자, 엄유찬 선수는 어떤 마음가짐으로 임할 건가요?"

"후아, 비장의 앞구르기! 기대해 주세요!"

깔깔거리며 놀려대는 목소리.

상준의 입술이 파리하게 질렸다.

절로 한숨이 차오른다.

유이앱에서의 실수 하나로 몇 날 며칠을 고통받고 있다.

상준은 이를 악문 채 작게 중얼거렸다.

"망할 앞구르기……."

상준의 눈앞에 책장이 선했다.

가장 뒤편의 책장 위에 꽂혀 있는 샛노란 책.

「앞구르기의 모든 것」.

지금 상준에게 절실한 재능이긴 한데.

'앞구르기로 먹고살 건 아니니까.'

상준은 부들대는 주먹을 간신히 내려놓았다.

이 녀석들의 놀림 때문에 하마터면 앞구르기 재능을 대여할 뻔했다.

상준은 애써 침착한 얼굴로 고개를 돌렸다.

상기된 얼굴로 즐거워하고 있는 도영이 눈에 들어왔다.

상준은 괜히 트집을 잡아 도영을 물고 늘어졌다.

"야, 시청자 3억이 놀릴 처지는 아닐 거 같은데?"

"아, 그건 그냥 무식한 거고."

본인의 입으로 저걸 인정하다니.

한없이 해맑은 도영이 고개를 끄덕이며 말을 이었다.

"나도 내가 멍청한 거 알아."

"자랑이다, 야."

상준은 어이없다는 듯 피식 웃음을 터뜨렸다.

그런데.

생각해 보니 웃을 때가 아니다.

"이야, 이거 움짤 되게 잘 나왔네."

"크으, 각도 봐."

인터넷을 뒤적거리며 즐거워하는 동생들.

상준은 착잡한 심정으로 동생들의 휴대전화를 내려다보았다.

3억 하트 기념으로 앞구르기를 하는 상준의 모습과, 그대로 헛디뎌 머리를 박아버리는 장면까지.

수치스러운 그날의 기억이 그대로 박제되어 있었다.

"하아……."

지끈거리는 머리를 쥔 채 한숨을 뱉어내던 상준은, 제현을 향해 말을 돌렸다.

'드라마 인 드라마' 촬영 한 시간 전이다.

곧바로 촬영할 장면을 위해 대기 중인데, 저 녀석은 즐겁게 자신의 앞구르기나 돌려보고 있다.

"제현아, 대본은 다 외웠니?"

제현은 고개를 끄덕이며 당당하게 말을 덧붙였다.

"그럼. 앞구르기 하면서 다 외웠어."

"아!"

도영의 옆에 붙어 있었더니만 슬슬 닮아가는 것 같다.

순수한 막내 물들이지 말라며 도영을 옆으로 밀쳐냈지만.

제현은 생글거리며 움짤을 반복해서 돌렸다.

"하……. 망할."

맏형으로서의 자존심이 추락했다.

상준은 붉게 달아오른 얼굴을 대본으로 가렸다.

그 순간.

아린이 밝은 인사로 다가왔다.

"선배님! 뭐 하세요?"

"아, 아……. 대본 보고 있었어요."

상준은 머쓱한 미소를 지으며, 괜히 대본에 집중하는 척을 했다.

설마 움짤을 봤을까.

아닐 거라고 짐작하며 스스로를 위안하던 때.

아린이 눈웃음과 함께 말을 뱉었다.

"선배님, 유이앱 재밌게 봤어요!"

"어……?"

악의라고는 섞여 있지 않은 순수한 눈동자.

상준은 두 눈을 끔뻑이며 아린을 올려다보았다.

아린은 그런 상준을 향해 두어 번 확인 사살을 했다.

"3억 하트 축하드려요! 아, 혹시……. 허, 허리는 괜찮으세요?"

죽고 싶다…….

상준은 빨갛게 달아오른 귀를 만지작거리며 고개를 파묻었다.

"괜… 찮습니다."

굳이 기억해 줄 필요까지는 없었는데.

팬의 놀라운 기억력에 땅굴을 파고 들어가고 싶었다.

상준은 울상이 된 얼굴로 고개를 들었다.

아린이 걱정스러운 눈길로 말을 이었다.

"선배님, 리액션도 좋지만…… 건강에 유의해서."

"하하, 감사해요……."

상준은 식은땀을 훔치며 아린이 내미는 음료수를 받았다.

시선을 돌리자, 카메라의 빨간 불이 눈에 들어왔다.

흑역사 앞에서 얼굴을 붉히고, 그런 상준을 아린이 위로하는 장면.

분명 이 장면까지 공중파를 타서, 다시 한번 움짤이 돌아다니겠지.

'포기하자.'

포기하면 편하다.

상준은 해탈한 얼굴로 음료수를 삼키고는, 잠시 자리를 옮겼다.

열심히 자신을 놀려대는 멤버들은 내버려 두고.

"이쪽에서 잠깐 얘기할까요?"

보조 작가인 아린과 상의가 필요한 사항이 있어서였다.

상준은 본격적으로 본론에 들어갔다.

"오디션 장면 있잖아요."

상준은 펜을 뽑아 들고 구상해 둔 노트를 꺼냈다.

「셰익스피어의 시나리오」 재능이 있다 해도, 아이디어를 구상하는 건 그의 몫이다.

밤새 머리를 쥐어짜 낸 결과, 약간의 변동 사항이 있겠다 싶어 그녀의 의견을 들어볼 생각이었다.

상준은 오디션 파트를 크게 동그라미 쳤다.

"그러니까 이 파트에서 투표가 이뤄지잖아요."

"아, 그렇죠."

처녀 귀신들의 열성적인 투표로 최종 저승사자 7인이 뽑히게 되는 장면.

아무래도 마이픽을 베이스로 짠 오디션 프로다 보니, 최근 논란이 일었던 '마이픽' 조작 사건이 자꾸 떠올랐다.

아린도 같은 생각인지 조심스레 입을 열었다.

"마이픽처럼 약간 우여곡절을 넣어보는 것도 나쁘진 않을 거 같은데요."

"그렇죠. 현실 반영."

상준은 고개를 까닥이며 펜을 움켜쥐었다.

스스슥.

빠른 손놀림으로 필기를 마친 상준이 대강의 스토리를 제시했다.

"조작 에피소드를 살짝 넣고, 주인공이 그걸 해결하는 방식으로?"

"완벽한데요?"

명랑한 그녀의 목소리가 입을 열었다.

"그럼 제가 그렇게 한번 수정해 볼게요."

"좋아요. 그럼 그렇게 하는 걸로."

상준이 고개를 끄덕이며 수첩을 집어넣을 때였다.

"으악!"

갑작스럽게 밀착해 온 카메라 렌즈에 놀라, 상준은 한 걸음 뒤로 물러섰다.

카메라에 온 신경을 집중한 채 가까이 다가와 있는 건, 다름 아닌 제현이었다.

언제 왔는지는 몰라도, 난데없이 렌즈를 들이대니 놀랄 만하다.

"아니, 제현아. 왜 그렇게 가까이서 찍어."

"밀착취재."

언제부터 밀착취재가 모공까지 찍는다는 의미였던 걸까.

상준은 황당한 눈으로 제현을 바라보았지만, 제현은 여전히 본인만의 작품 세계에 빠져 있었다.

"형 눈동자는 무슨 색인지 관찰 중이야."

"그래. 잘 보여?"

"형, 콧구멍도……."

"아니, 그걸 왜 찍어!"

열혈 마인드로 카메라를 들이대고 있는 제현에게서 도망치던 순간.

상준의 앞을 강주원이 가로막았다.

"재밌게 노네."

"어, 선배님!"

강주원이 피식 웃으며 자리에 앉았다.

놀란 눈으로 고개를 숙이는 아린과 상준에, 그는 됐다는 듯이 손을 내저었다.

아까부터 줄곧 연습하고 있는데 영 연기가 제대로 나오질 않는다.

답답한 마음에 잠시 쉬려고 후배들을 찾아온 것이었다.

"연기 잘하더라."

강주원이 넌지시 말을 던졌다.

상준의 연기를 유심히 본 그의 감상이었다.

상준은 곧바로 고개를 숙였다.

대선배의 칭찬이라니.

"아닙니다. 아직은 부족하죠."

"아니, 부러워서. 어떻게 하는 건지 좀 물어보려 왔지."

아이돌로 데뷔해서 각종 예능까지 섭렵했던 강주원이다.

되는 일마다 족족 잘 풀렸던 그였기에, 연기마저도 오만하게 생각하고 덤볐다.

하지만, 생각보다 어려운 연기의 벽 앞에서.

그는 조금씩 좌절하고 있었다.

"지문대로 대사를 치고 싶은데. 다들 국어책이라고 놀리잖냐."

"에이, 아니에요."

어느 연예인이든 악플은 존재한다.

괜히 연기까지 발을 내밀었다고 과도하게 깎아내리는 악플들이 있었기에.

강주원은 요즘 들어 퍽 걱정이 되었다.

배울 점이 있다면, 꼭 선배가 아니라 후배에게라도 배워야 한다.

수평적인 사고를 가지고 있는 강주원이었기에 허심탄회한 말이 튀어나왔다.

"아, 그럼. 대본 같이 맞춰볼까요?"

잠시 고민한 상준이 한마디를 던지자, 강주원은 흔쾌히 수락했다.

"좋지. 시작하자."

혼자 연습하는 것보다는 함께 진행하는 대본 리딩이 실전에 더 도움이 된다.

강주원은 대본을 손에 쥐었다.

상준과 제현, 강주원, 마지막으로 아린까지 함께 나오는 장면.

상준이 제현과 맞춰봤던 불기둥 다음 씬이었다.

희성: (다급한 목소리로) 허억……. 간신히 살아남은 거 같은데요.

서진: (담담한 표정으로) 그러게요. 죽으라는 법은 없나 봐요.

염라: (위엄 있으면서도 인자하게) 무사히 온 걸 축하하네. 많은 이들이 자네들을 지켜보고 있어.

놀란 얼굴의 그들 뒤로, 이윽고 함성이 쏟아진다.

실시간으로 방송을 지켜본 망자들의 응원이 시작된다.

대본을 익힌 강주원이 결연한 얼굴로 고개를 들었다.

상준이 먼저 거친 숨을 몰아쉬기 시작했다.

마치 희성이 빙의한 것처럼, 다급한 목소리.

상준은 혼이 실린 연기력으로 첫 대사를 뱉어냈다.

"허억……. 간신히 살아남은 거 같은데요."

텅 빈 허공을 두리번거리는 상준.

마치 불기둥을 눈앞에 둔 듯한 실감나는 연기력에, 강주원은 연신 감탄을 토해냈다.

제현이 차분한 목소리로 입을 연다. 특유의 담담함이 어우러져, 서진을 완벽하게 그려내는 목소리다.

"그러게요. 죽으라는 법은 없나 봐요."

이제 자신의 차례다.

염라 역을 맡은 강주원이 천천히 입을 뗐다.

"무사히 온 걸 축하하네."

위엄이 있어야 하는데, 위엄과는 거리가 멀다.

차라리 깔끔한 진행자에 가깝다면 모를까.

예능에 가장 어울리는 목소리답게, 강주원은 위엄 있는 장면에서조차 밝아 보였다.

스스로 생각해도 만족스럽지 못한 연기.

강주원의 얼굴이 빠르게 일그러졌다.

"아무래도 아니지?"

"음."

잠시 고민하던 상준이 조심스레 입을 열었다.

「연기 천재의 명연」.

이 재능을 대여하고 상준이 깨달은 게 있었다.

연기는 상당히 섬세한 작업이라는 것을.

캐릭터를 이해하기 위한 작업은 마치 유화와 같다.

수없는 덧칠을 통해서 만들어지는 그림 한 폭처럼, 연기 역시 비슷하다.

끝없는 덧칠로 만들어지는 것이 바로 캐릭터.

"한번 그려보세요."

왼쪽에 있는 불기둥. 그리고 오른쪽에 있는 수많은 관객들.

사방에서 쏟아지는 환호성.

그리고 그 가운데에 서서, 모두를 제압할 수 있을 카리스마를 지닌 절대 강자.

"카리스마……."

상준의 설명을 들은 강주원이 벌떡 고개를 들었다.

할 수 있을 것 같아서였다.

"무사히 온 걸… 아니, 무사히 온 걸 축하하네."

같은 말을 한참 동안 반복하는 강주원.

마음에 드는 톤이, 역할에 적합한 분위기가 나올 때까지.

같은 대사를 반복하고 또 반복한다.

조금씩 입혀가는 유화의 색깔처럼, 강주원은 서서히 염라 역에 물들어갔다.

그리고.

"무사히 온 걸 축하하네. 많은 이들이 자네들을 지켜보고 있어."

마침내 성공해 냈다.

상준은 고개를 끄덕이며 강주원의 연기를 감상했다.

그다음 대사는 아린의 몫인데.

"투명 빛깔 박희성! 꺄아아아─."

"…아?"

명랑하다 못해 탄산수 열 통을 들이부은 것 같다.

수년간의 아이돌 덕질 감성을 그대로 집어넣은 듯한 청량함이다.

여과 없는 그녀의 반응에, 강주원은 폭소하며 그녀에게 물었다.

"아니, 투명 빛깔 이거. 누가 집어넣은 거야?"

"허억. 선배님, 전데요…….'

영 아니었던 걸까.

아린이 난처한 기색으로 머리를 긁적이다 해명을 내놓았다.

"귀신이 우윳빛깔은 아닐 거 같아서. 투명 빛깔로…….'

푸흡.

'그런 합리적인 이유였어?'

가만히 음료수를 삼키고 있던 상준은 그대로 음료수를 뿜을 뻔했다.

나이가 어려서인지는 몰라도, 제현 못지않게 순수한 두뇌를 가지고 있는 모양이다.

간신히 입을 틀어막은 덕분에 음료수를 뿜는 건 면했지만.

"크허헉. 켁!"

음료수가 역류한 탓에 고스란히 고통받고 있는 상준이었다.

그런 상준을 짠한 눈으로 바라보는 제현.

"이야, 상준이 죽겠다."

"켁……. 선배님."

한참을 비틀거리던 상준이 간신히 물을 움켜쥐고 들이켤 때였다.

꿀꺽.

물을 열심히 넘기고 있는 상준의 앞으로.

강주원의 매니저가 다급히 달려왔다.

"형! 다름이 아니라……."

전달 사항이 있는지 강주원의 귓가에 대고 속삭이는 매니저.

속닥거리는 그의 말을 모두 전해들은 강주원의 입가에 미소가 걸렸다.

"선배님, 무슨 일이에요?"

상준이 호기심 가득한 눈길로 강주원을 올려다보았다.

강주원은 대답 대신 씨익, 입꼬리를 올리고는.

어서 일어나라며 상준의 등을 툭툭 쳤다.

"자, 가자."

"예?"

강주원의 말에 저도 모르게 따라 일어난 상준은.

이어진 그의 말에 두 눈을 번쩍 떴다.

"1화 나왔단다."

"1화가요?"

'드라마 인 드라마' 첫 방송이 방영되고 웹드라마를 향한 대중들의 관심도 쏠린 상황이다.

그런 의미에서, 그들의 손으로 직접 만들어낸 웹드라마의 1화를 직접 보는 장면.

그 장면 역시 '드라마 인 드라마'의 필수 요소였다.

마치 메이킹필름 같은 한 예능과 그렇게 만들어진 결과물.

오늘은 그 소중한 결과물이 세상에 선보여질 시간이었다.

강주원은 만족스러운 미소와 함께 말을 뱉었다.

"그래. 어서, 보러 가자."

＊　　　　＊　　　　＊

"후아, 이제 시작한다."

김하운이 떨리는 목소리로 입을 열었다.

「저승듀스 56」의 첫 방송.

커다란 모니터 위로 그들의 손으로 만들어낸 웹드라마가 시작을 열었다.

"이번에 아주 괜찮게 뽑혔으니까 기대해도 돼."

"전 일부러 안 보고 아껴뒀잖아요. 지금 보려고."

피디와 최서예 작가가 주고받는 대화를 들으며, 상준은 화면에 집중했다.

간단한 배우들의 프로필이 나오고, 곧바로 시작되는 첫 번째 장면.

'고속도로 씬.'

자신의 손으로 썼으니 기억이 선명하다.

상준은 암흑으로 잠기는 모니터를 응시하며 다음 장면을 머릿속으로 기억해 냈다.

쾅.

불타오르는 차량 한 대와 전복된 차량에서 본능적으로 빠져나오는 주인공 희성.

긴박감 넘치는 장면을 담아내고자 얼마나 애를 썼던가.

희성은 자신이 살아남은 줄 알고 안도의 한숨을 쉬지만, 그런 그의 눈앞에 웬 이상한 차림새의 남자가 나타난다.

강주원이 공들여서 찍었던 첫 대사.

─반가워요.

염라는 기괴한 미소를 지으며 말을 뱉는다.

겁에 질리는 희성의 얼굴. 덜덜 떨리는 목소리로 그가 조심스레 입을 연다.

─누구… 세요?

「연기 천재의 명연」 재능을 사용하지 않고도 만들어낸 촬영분.

스크린으로 보니 감회가 새롭다.

저 감정선이 스크린으로 전달되지 못할까 봐 걱정도 많이 했지만, 상준의 예상보다 훨씬 괜찮게 뽑혔다.

뿌듯한 미소로 화면을 지켜보는 상준을, 강주원이 감탄과 함께 툭툭 쳤다.

"이야, 연기 잘하는데?"

"맞아. 화면으로 보니까 더 잘하네."

은솔까지도 치켜세워 주니.

상준은 멋쩍은 미소를 지으며 화면에 시선을 고정했다.

웹드라마라기엔 한 편의 공중파 드라마라고 믿을 정도의 상당한 퀄리티다.

'드라마 인 드라마' 제작진들의 손길이 간 편집 덕분이기도 하지만.

"와, 어떻게 이 장면이 이렇게 자연스럽게 들어갔어?

최서예 작가는 스토리를 보며 거듭 감탄했다.

우여곡절 끝에 저승에 도착한 희성이 오디션을 위한 관문들을 하나씩 통과해 나가는 장면.

세세한 장면 하나하나에 녹아들어 간 창의력에 놀랄 수밖에 없었다.

게다가 사소한 설정들까지도 흐트러짐 없이 완벽하니.

'이 또라이 같은 소재로 이렇게 쓸 수 있단 말야?'

최서예 작가는 생글거리는 상준을 보며 다시금 직감했다.

성실한 또라이가 만들어낸 작품은 상식적으로 접근해서는 안 된다는 것을.

분명 상식적이지 않은 소재임에도 몰입도가 있다.

심지어 재밌기도 하고.

대본을 들고 왔을 때도 충분히 충격이었지만, 마치 이 영상을 그려내고 짜놓은 대본처럼.

지금 생각해 보니 모든 장면들이 착착 맞아떨어지고 있었다.

'얘는 대체 왜 아이돌을 하고 있는 거지……?'

최서예 작가는 당황스러운 눈길로 상준을 돌아보았다. 그냥 이대로 드라마작가를 시키고픈 열망마저 들 정도였다. 완벽한 플롯과 그걸 가꾸어내는 디테일까지.

거듭 감탄이 튀어나오던 순간.

옆에서 피디의 탄성이 들려왔다.

"와, 댓글 반응도 대박인데요?"

"이야, 벌써 댓글이요?"

은솔도 고개를 들이밀며 관심을 보였고, 상준은 주머니에서 휴대전화를 꺼내 확인했다.

'드라마 인 드라마'가 첫방부터 높은 시청률을 찍으면서, 그들이 만들어낼 웹드라마에도 시선이 쏠렸다.

그래서일까.

"와, 댓글이 대체 몇 개야……?"

이 정도로 관심을 보일 줄은 몰랐던 터라, 촬영진들은 단체로 얼떨떨한 표정이 되었다.

그들이 감탄하는 순간에도, 댓글은 실시간으로 쏟아지고 있었다.

대부분 긍정의 반응이었다.

─와. 이거 그냥 공중파 편성 해주면 안 돼요?

└ㅇㅈㅇㅈ

└너무 재밌는데?

─이거 대본 진짜 상리랑이 짠 거임? 정말 아무도 안 도와준 거?

└도와줬겠지ㅋ 예능을 믿냐

ㄴ최서예 작가가 썼을 거라고 200% 확신

　—스토리도 스토리지만. 연기가 미쳤는데?

　　ㄴ애들 왜케 잘하냐

　　ㄴ대부분 아이돌 아님?

　　ㄴ연기력 ㄷㄷ

"이야, 제가 짜줬대요."

댓글을 쓰윽 훑던 최서예 작가가 웃음을 터뜨렸다. 원래는 대본을 터치할 생각으로 받아 든 최서예 작가였지만 첫 대본을 보고는 깔끔히 그 마음을 접었다.

최서예 작가는 혀를 내두르며 말을 이었다.

"건드릴 게 없는데 뭘 짜줘요, 제가."

"상준아, 네가 그렇게 잘 썼나 보다."

강주원도 흐뭇한 미소로 말을 얹었다.

상준은 뿌듯한 마음으로 드라마 화면을 응시했다.

화면에서는 첫 번째 관문을 위해 구르고 있는 하운이 눈에 들어왔다.

　—살… 려주세요!

　—…….

　—사람 살려! 주세요!

거기에다가 일침을 가하는 서진 역의 제현.

―형은 이미 죽었어요.

해맑다 못해 뻔뻔한 얼굴.

가만히 화면을 지켜보던 조승현 실장이 웃음을 터뜨렸다.

"야, 누가 대사 저렇게 짰어."

상준이 미소를 지으며 조심스레 손을 흔들었다. 늘 제현을 지켜봐 온 조승현 실장은 손뼉까지 치며 즐거워했다. 뻔뻔한 얼굴에 틀린 말은 하나도 안 하는 올곧은 태도까지.

"야, 저건 거의 그냥 이제현인데. 아주 찰떡이야."

"아주 찰떡이죠."

"아니거든요."

제현이 짐짓 삐진 얼굴로 고개를 돌렸다.

나름 서진 역에 완전히 빠져서 연기했다고 생각했는데 저렇게 놀려댄다.

제현은 투덜거리며 자신을 칭찬하는 댓글들을 열심히 캡처해 놓고 있었다.

"저장."

"그렇게 좋아?"

아주 입이 귀에 걸렸다.

무덤덤한 반응일 줄 알았던 녀석이 뒤에서는 은근히 좋아하는 모습에 상준은 피식 웃음을 흘렸다.

"……."

다들 흥에 겨워 드라마 시청에 집중하던 때, 상준의 시선이 옆자리의 하운에게 향했다.

화면 속에 담긴 자신의 모습을 하나도 빠짐없이 담아낼 듯한 눈동자다.

지금 이 상황 자체가 너무도 소중한 기회라는 듯, 감사함이 가득 담긴 눈빛이었다.

빤히 바라보는 상준의 시선을 느꼈는지, 하운이 조심스레 입을 뗐다.

"형, 진짜 다 좋은데요."

"어엉."

하운이 건넨 말에 상준이 밝은 미소를 지었다.

하지만, 칭찬의 의도에서 꺼낸 말은 아니었다.

이미 자신의 작품에 심취한 상준에게, 하운이 입술을 지그시 깨문 채 물었다.

"왜 제 촬영분만 저렇게 개고생일까요?"

"어… 음……. 그게 말이야……."

첫 화부터 물에 빠진 친구를 구하기 위해 바다에 뛰어드는 장면이라니.

이미 서재진이 한번 촬영했던 장면이지만 멤버 교체 탓에 하운이 다시 굴러야 했다.

그 외에도 무작정 몇백 미터를 내달리는 장면까지.

화면에 꽂혀 있던 하운의 시선이 의미심장하게 상준을 향했다.

"크… 크흡."

옆에 앉아 있던 아린이 하운의 눈치를 보며 손으로 입을 가렸다.

저 손을 떼면 대강 무슨 표정일지 짐작이 간다.

마이픽에 이어 이번 예능까지.

줄곧 함께 촬영을 하다 보니 어느덧 가까워진 둘이다.

하운은 열심히 시선을 피하는 상준을 붙들고는 추궁했다.

"한 말씀 하시죠."

"굉장히 매력적인 장면이라고 생각합니다."

"오호, 그런 깜찍한 생각을 하셨군요."

"네, 그렇습……."

해맑은 목소리로 덧붙이는 상준에게.

곧바로 하운의 응징이 이어졌다.

그리고.

"아아악!"

"아아아악!"

외마디 비명 소리가 대기실에 울려 퍼졌다.

* * *

"와. 첫 화부터 100만 뷰가 넘었다고?"

감격에 찬 선우의 목소리가 정신을 깨웠다.

숙소의 벽에 붙어서 아까부터 「저승 듀스 56」의 1화를 돌려 보는 선우다.

멤버를 위한 의리, 이런 건 다 둘째 치고도 정말 재밌었다.

선우는 상준을 돌아보며 다급하게 물었다.

"이거 다음 화 내용 뭐야?"

이미 촬영을 마친 제현과, 훨씬 뒤의 내용까지도 써둔 상준은 알고 있었지만.

둘의 입은 접착제라도 붙여놓은 듯 떨어질 생각이 없어 보였다.

"아, 제발."

"저만 알고 있을 건데요."

"야, 치사하게!"

어제의 방송분이지만, 오늘까지도 그 열기가 대단했다.

시청자들도 모두 다음 화를 외칠 정도로 대박이 난 드라마.

선우는 삐진 얼굴로 고개를 돌려 다시보기를 시작했다.

"근데…… 이건 진짜 뜰 만하다."

긴박감 있는 연출과 몰입도 있는 연기력.

진짜 웹드라마의 퀄리티라고는 믿기지 않는 작품이었다.

"야, 이건 영화로 만들어도 대박 났겠다."

상준의 첫 대본을 보고 은솔이 꺼냈던 말을, 선우도 똑같이 뱉었다.

같은 얘기는 이미 각종 커뮤니티에서도 뿌려지고 있었다.

상준 역시 선우의 말에 동감했다.

"그렇지. 영화로 만들어도… 어?"

감탄과 함께 말을 뱉어내던 상준은, 갑자기 들려온 소리에 고개를 돌렸다.

"얘들아, 얘들아!"

벌컥.

요란스럽게 문을 열어젖힌 건 다름 아닌 조승현 실장이었다.

"실장님······?"

우당탕탕.

자신을 올려다보는 다섯의 멍한 눈동자를 보고는, 조승현 실장은 떨떠름한 표정이 되었다.

"뭐야, 분위기 왜 이래?"

가라앉아 버린 분위기에 잠시 망설이던 조승현 실장은, 어깨를 으쓱이며 말을 뱉었다.

"내가 대박 소식을 하나 물고 왔는데."

"대박 소식이요?"

놀란 눈으로 올려다보는 상준에게, 조승현 실장이 묵직한 한마디를 던졌다.

"너네, 팬카페 생겼다."

"네······?"

잠잠하던 분위기를 깨운 조 실장의 말.

선우는 놀란 눈으로 자리에서 벌떡 일어섰다.

곧바로 도영이 호들갑을 떨기 시작했다.

"팬카페요? 팬카페······? 와, 팬카페가 생긴 거예요?"

팬카페.

'마이픽' 출연 중에 비공식적인 팬카페가 몇 개 생기긴 했었지만, 이렇게 정식 팬카페가 생기는 건 처음이다.

"빨리, 빨리 검색해 봐."

뒤에서 재촉하는 멤버들에, 상준은 떨리는 심정으로 노트북을 켰다.

만들어진 지 얼마 안 된 따끈따끈한 팬카페.

「탑보이즈 공식 팬카페」.

조승현 실장이 알려준 제목대로 검색하자마자.

상준은 저도 모르게 감탄을 뱉어냈다.

"있다! 있다……!"

"와, 미쳤다!"

뒤에서 또 베개를 차고 있는 도영과, 감격한 나머지 막내 사탕을 떨구는 제현. 벌써부터 쏟아지는 게시 글들이, 팬카페의 화력을 증명하고 있었다.

게다가 회원 수는…….

"벌써 만 명이 넘었는데?"

상준은 놀란 눈으로 카페를 뒤적거렸다.

아직 멤버들이 들어오기 전인데도, 만 명이 넘는 회원수다.

"원래 이런 거예요?"

"아니, 엄청 많은 거지."

선우가 감탄과 함께 엄지손가락을 치켜세웠다.

이렇게 많은 팬들이 자신을 기다리고 있다는 사실이 믿기지 않아, 상준은 한참 동안 입을 벌리고 앉아 있었다.

감탄만 내뱉고 있는 멤버들이 재밌는지, 조승현 실장은 웃음을 터뜨렸다.

"어서 너네도 글 써야지."

조승현 실장의 한마디에, 도영이 눈을 반짝였다.

팬카페에 처음으로 올리는 글.

첫인상이니만큼 중요하게 느껴졌다.

고로.

"잠시만요!"

"아악, 어플 깔아야 되는데."

"이거 필터 뭐야?"

수많이 겹치는 오디오 속.

"얘들아, 글… 쓰라니깐?"

멤버들이 분주해지기 시작했다.

제3장

데뷔앨범

"누구… 세요?"

도영이 올린 사진을 확인한 상준이 떨떠름한 얼굴로 말을 뱉었다.

대략 100장의 사진, 한 시간 내내 찍고 있던 사진 중 하나를 건진 게 저거다. 거기에 현대의 기술들이 더해져서 도영은 완전히 다른 사람으로 재탄생했다.

"와, 이게 기술의 힘이구나."

"이제현, 조용히 해."

혀를 내두르는 제현에게 간단한 타박을 던진 도영이 첫 스타트를 끊었다.

「안녕하세여〉〈 탑보이즈의 도영입니다!」

시작부터 튀는 제목.

그 밑으로 쏟아지는 온갖 애교들에, 상준은 저절로 입을 벌렸다.

선우도 나름의 이모티콘을 붙여본다 했지만, 스케일이 다른 재능 앞에서 혀를 내둘렀다.

"대… 대단하다."

"차도영, 쟤는 가끔 보면… 진짜 타고난 것 같아."

상준의 옆에 붙어 앉은 선우가 감탄하며 말을 뱉었다.

상준 역시 공감하는 바다.

이미 도영이 올린 게시글 밑으로 열광하는 팬들의 댓글이 쏟아졌으니.

첫 타자인 도영이 저렇게 카페를 뒤집어놓는 바람에, 뒤에 잠자코 앉아 있던 선우는 거듭 써놓은 글을 지우고 있었다.

마이 웨이인 제현은 곧바로 글을 올려 버렸지만.

"야, 제현아. 이게 뭐냐."

곧바로 도영의 타박이 이어졌다.

유찬은 평상시 성격과는 전혀 다른 자아를 꺼내 글을 올리는 데 성공했지만, 제현은 어쩐지 다를 게 하나 없다.

"심플하게 지 사진만 올렸어."

"냅 둬. 사진 올린 게 어디야."

조승현 실장은 그마저도 다행이라는 듯 말을 뱉었다.

사실 저렇게 얌전히만 있어도, 조용조용한 분위기만으로 인기를 몰고 있는 제현이었다.

'드라마 인 드라마'에서도 제법 연기로 호평을 받고 있고.

그런데.

"상준아……?"

대수롭지 않게 고개를 돌린 조승현 실장은 놀란 눈이 되었다.

진지하게 열중한 듯한 저 눈빛은 마치.

노래를 부를 때나, 춤 연습을 할 때와 다를 바가 없는 모습.

항아리 하나를 만들기 위해 장인이 수많은 뚝배기를 깨듯이.

한 땀 한 땀 정성 들인 사진이 상준의 손에서 태어났다.

'아니, 왜 저렇게 열심히 하는 거야.'

"도영아, 이 사진 어때."

상준은 불타오르는 눈빛으로 사진 한 장을 도영에게 들이댔다.

마치 유지연 선생에게 보컬트레이닝을 받을 때처럼 신중해 보이는 눈빛이다.

거기다가 올리려고 했던 게시 글까지 들어 올려 보이는 상준이다.

「안녕하세요. 나상준입니다. 잘 부탁드립니다.」

힐끔 고개를 돌려 게시글의 내용을 확인한 조승현 실장은 탄식을 뱉어냈다. 저토록 열심히 하니 이번에도 어김없이 완벽한 모습을 보여줄 거라고 믿었건만.

상준이 내민 사진은 예상 외였다.

노래도, 춤도, 연기도 잘하는데.

'이쪽에는 소질이 없군.'

저 딱딱한 게시 글이며, 뻣뻣하게 굳어 있는 사진까지.

물론 굳이 웃지 않아도 사람들의 시선을 끌 비주얼이긴 한데.

"형, 각도… 가 왜 이래?"

저쯤 되면 얼굴이 멱살 잡고 카메라를 살려낸 수준이다.

멀쩡한 눈도 게슴츠레하게 보이는 각도라니.

사진의 마술사, 도영은 충격받은 얼굴로 고개를 저었다.

"이 어정쩡한 포즈는 뭔데? 아니, 형. 왜 50장을 찍었는데 다 멍청하게 브이를 하고 있어?"

"브이는 보편적이니까……."

"아니, 왜 같은 걸 50장이나 찍냐고."

이건 무슨 연사도 아니고.

50장 중에 하나를 골라보려 해도, 다 똑같은 각도에 다 똑같은 포즈다.

상준이 급격히 실망한 표정으로 고개를 떨구었다.

"팁 좀 알려줘라."

"일단 게시 글부터 다시 써보자. 이게 뭐야, 면접 왔어?"

자소서의 첫 문구도 아니고, 굳어 있다 못해 딱딱해서 깨질 것 같다.

도영은 혀를 차며 게시 글을 대강 수정해 준 뒤, 사진 강의에 들어갔다.

"형, 각도는 45도로. 기본 카메라 쓰지 말고! 아니, 빛을 등지지 말라고!"

"이렇게……?"

"아니, 이렇게 개판으로 찍었는데 사진이 나오긴 나오네."

도영은 황당함과 감탄이 공존한 표정으로 결과물을 내려다보았다.

일반인이 찍었다면 분명 바로 쓰레기통에 직행했을 구도다.

그런데 그걸 저렇게까지 살려놓은 것도 나름의 재능이라고 해야 하나.

도영은 혀를 차며 말을 바꿨다.

"그냥 형은 이렇게 올려라. 아니면 내가 찍어줄까? 꼭 셀카가 아니라도, 형은 차라리 그게 나을 거 같은데."

"그래야 하나."

"엉. 내가 찍어줄게."

사실 도영이 찍어준다면 기막힌 포즈로 그럴싸한 결과물을 만들어내긴 하겠지만.

모두가 셀카를 올리는 통에 자존심이 여간 상하는 게 아니었다.

상준은 고개를 돌려 유찬의 사진을 내려다보았다.

도영만큼의 완벽한 셀카는 아니었지만, 저만하면 바랄 게 없을 텐데. 입술을 지그시 깨문 채 잠시 고민하던 상준은 자세를 고쳐 앉았다.

"야, 도영아."

"엉."

"다시, 한 번만 다시 알려줘 봐."

"또?"

도영이 의아한 표정으로 고개를 갸우뚱했다.

줄곧 알려줬는데 이상하게 찍어놓고 한 번만 다시 알려달라니.

도영은 귀찮은 기색을 보이면서도 말을 뱉었다.

"알았어. 딱 한 번이다."

"그래."

어차피 도영에게 배워봤자 이 망할 재능은 따라와 줄 리가 없다.

도영의 속사포 강의로 진짜 배우겠다는 마인드라기보다는 우선 시선을 돌리기 위한 용도.

상준은 싱긋 웃으며 허공에서 책 한 권을 대출했다.

언변술 재능이 얼마 전에 대여 기간이 끝난 터라, 한 권의 자리가 남아 있는 상태.

상준은 과감하게 수락 버튼을 눌렀다.

「기적의 포토그래퍼」.

혹시라도 촬영하는 일에 부차적으로 도움이 될까 봐 대여 리스트에 올려두었던 재능이다.

"자, 이렇게 사진을 찍으면 되는 거야. 한 100장 찍으면 한 장 건질 수 있는 거지. 형? 알아먹었어?"

속사포로 말을 쏟아내던 도영의 강의가 끝나자마자 상준이 흐뭇한 미소로 박수를 쳤다.

"완벽하게 이해한 거 같아."

"이야, 그러면 한번 찍어보시죠."

"오케이."

물론 상준을 신뢰하는 모양새는 아니었다.

예리한 눈빛으로 자신을 돌아보는 도영에, 상준은 침을 삼키며 휴대전화를 움켜쥐었다.

'아니, 이게 뭐라고.'

뒤에서 멀뚱히 서 있던 조승현 실장은 황당한 나머지 웃음을 터뜨렸다.

그러거나 말거나.

상준은 혼을 담아 각도를 조정하기 시작했다.

"빛이 대강 120도의 각도로 입사하고 있어……."

"뭔 개소리야, 형."

"도영아, 잠깐만 비켜봐."

아까와는 달리 미친 듯이 몰입한 모습.

아니, 솔직히 말해서 그냥 미친 사람 같아 보였다.

도영은 두 눈을 끔뻑이며 한 걸음 뒤로 물러났다.

'역시 완벽한 재능이야.'

상준은 재능의 효과에 심취한 채 휴대전화를 적당한 각도로 치켜세웠다.

창문으로 들어오는 새하얀 빛 줄기.

상준의 눈에는 완벽한 각도가 점선으로 보이고 있었다.

이제 해야 할 일은, 부자연스럽지 않은 포즈를 잡는 일.

그 순간, 상준의 눈에 책상 위에 널브러진 시집 한 권이 들어왔다.

선우가 요즘 교양 삼아 읽는답시고 사놓고 방치해 둔 책이었다.

'이게 이렇게 도움이 되네.'

상준의 재능은 직감적으로 저 시집에 향해 있었다.

상준은 급하게 시집 한 권을 움켜쥐었다.

도영이 인상을 찌푸리며 말을 뱉었다.

"형, 뭐 해?"

"지적인 이미지랄까."

"형이……?"

조승현 실장은 역시 떨떠름한 표정이었다.

어차피 셀카가 아이돌의 덕목도 아닌데.

"왜… 저렇게 열심히 하는 걸까."

"몰라요, 실장님. 둘 다 제정신은 아닌 것 같아요."

진작에 셀카 한 장을 띄워놓고 댓글을 캡처하고 있던 제현이 말을 뱉었다.

상준은 세상 진지한 표정으로 시집을 들어 보였다.

완벽한 자연광의 각도에 「무대의 포커페이스」가 만들어낸 자연스러운 미소까지.

찰칵.

한참의 노력 끝에 이뤄진 명랑한 소리가 숙소를 울렸다.

그리고.

미친 셈 치고 상준을 멍하니 바라보고 있던 도영과, 조 실장.

전혀 관심 없다는 듯 제 할 일에 바빠 보이던 막내까지.

상준의 사진 앞에서 경악에 물들었다.

"뭐야……?"

"아니, 이게 이렇게 된다고?"

조승현 실장은 급기야 말까지 더듬기 시작했다.

"아니, 아까 거랑 이거랑……."

어정쩡한 포즈로 브이만 하고 있는 사진과.

시집을 들어 보인 채 여유로운 미소를 짓고 있는 사진.

나란히 놓고 비교해 봐도 공통점이라고는 똑같은 사람이라는 것뿐.

도영은 기가 차다는 표정으로 혀를 내둘렀다.

선우는 그 와중에도 긍정적으로 상황을 해석하고 있었다.

"역시 상준이가 알려주면 바로 터득하나 봐."

"그래, 바로 그거지."

상준은 이때다 싶어 고개를 끄덕였다.

'후아, 자연스러웠다.'

이럴 때 쓰라고 있는 재능은 아닐 테지만.

훌륭하게 재능을 남용한 상준은 흐뭇한 미소로 사진을 업로 드했다.

그리고, 곧바로 폭발적인 반응이 팬카페에 쏟아졌다.

—대박ㅋㅋㅋ 미친 거 아니야?

—와……. 셀카마저 잘 찍어.

—셀카의 정석 ㅗㅜㅑ

—한 장 더! 한 장 더!

—꺄아아아ㅡㅇ아아아아

—ㅁㅊㄷㅁㅊㅇ

잠시 정신을 놓고 있던 도영도 뒤늦게 주접을 떨기 시작했다.

"아니, 어떻게 몇 분 새에 이런 사진을 찍어? 형, 처음에 그냥 못 찍는 척한 거지? 그렇지?"

"……."

"그게 아니면……. 진짜 내가 조금 알려줬다고 그렇게 찍었다고? 형, 진짜 미친 거 아니야?"

언제나처럼 호들갑을 떠는 도영의 목소리를 한 귀로 흘리고는.

상준은 또다시 재능의 체화에 들어갔다.

*   *   *

"형, 무서워……. 새벽에 자꾸 사진 찍는 소리가 나……."

"숙소에 사진 찍다 죽은 귀신 사나 봐."

다음 날, 제현은 반쯤 처진 목소리로 웅얼거렸다.

도영 역시 무거운 눈꺼풀을 간신히 들어 올리며 말을 받아쳤다.

그런 둘의 눈길이 동시에 상준에게 향했다.

밤새 저리 열정적으로 셀카를 찍을 사람은.

한 사람뿐이니까.

"크흠."

나름 스피커 부분을 막고 찍은 거긴 한데.

상준은 헛기침을 하며 시선을 피했다.

도영은 혀를 차며 진지하게 물었다.

"형, 솔직히 말해봐. 사진 몇 장 찍었어."

"용량이 부족하대."

"……."

이 넘쳐흐르는 열정은 비단 연습에서뿐만이 아니었다.

도영은 해탈한 표정으로 고개를 끄덕였다.

짧은 사이에도 예상보다 많이 차오른 달성률.

상준은 도영의 눈치를 보며 조심히 자리에 앉았다.

"대신, 내가 오늘 아침 해줄게."

"오오, 아침?"

도영이 의외라는 듯 두 눈을 반짝였다.

요 근래 바빠서 재능을 습득하고도 요리 한번 해준 적이 없었다.

능숙한 손놀림으로 아침 재료를 준비하려 좁은 부엌으로 향하던 순간.

방 안에서 뒹굴거리던 유찬이 급하게 나왔다.

"형, 지금 실장님이 오라는데?"

"실장님이?"

파를 손질하려고 꺼내놓고 있던 상준은 놀란 눈으로 고개를 돌렸다.

이른 아침부터 부를 일이 딱히 없을 거라고 생각했는데.

유찬과 함께 소속사로 당장 날아오라니.

상준은 아쉬운 마음으로 칼을 내려놓았다.

"그럼, 아침 말고 점심 해줄게. 기다리고 있어."

"오케이."

"실장님한테 열심히 까이고 와!"

해맑은 얼굴로 손을 흔들어대는 도영에, 상준은 피식 웃으며 길을 나섰다.

딱히 잘못한 것도 없으니 괜히 쫄릴 이유도 없지만.

"뭐 해, 들어와."

이건 예상하지 못했다.

조승현 실장이 안내해 준 녹음실에 도착하자마자 눈에 들어온 낯선 남자.

태연한 얼굴로 손짓하는 조승현 실장에 조심스레 녹음실 안으로 발을 내디뎠지만.

'저 사람은……'

눈앞의 남자를 기억해 낸 순간, 상준의 얼굴은 얼어붙었다.

유명한 케이팝 작곡가를 꼽으라 하면 단연 한 손가락 안에 드는, 작곡가 정용찬.

상준은 긴장한 기색으로 고개를 숙였다.

"안녕하세요."

"이 친구야?"

정용찬은 유심히 상준의 얼굴을 훑어 내렸다.

사소한 티끌이라도 잡아내려는 듯한 예리한 눈길.

상준은 침을 삼키며 그를 빤히 응시했다.

공손하면서도 물러서진 않으려는 눈빛.

그 눈빛에서 상준의 당참을 읽어낸 용찬은 피식 웃었다.

조승현 실장은 영문을 모른 채 따라 들어온 유찬을 향해 자연스레 말을 늘어놓았다.

"인사드려. 너네 데뷔앨범 맡아주실 작곡가분이셔."

이분이 데뷔앨범을 맡게 된다니.

분명 근사한 곡들을 뽑아낼 게 분명해 보였다.

상준과 유찬은 감격한 표정으로 우렁찬 말을 뱉었다.

"잘 부탁드립니다!"

하지만, 용찬은 이런 시답잖은 인사나 받으려고 이곳에 그들을 부른 게 아니었다. 아티스트를 만나서 곡의 영감을 얻게 된다면 좋겠지만, 벽 보고도 악상을 떠올리는 것은 충분히 가능하니.

그렇기에.

"다른 게 아니라."

용찬은 단도직입적으로 말을 뱉었다.

"작곡 좀 한다고 들었는데."

"아……."

지금은 재능을 대여하지 않은 상태이지만, 상준은 자신감 넘치는 얼굴로 고개를 끄덕였다.

"그러면."

'밤바다'가 상준의 손으로 작곡한 곡이라고 들었다.

뒤에 가만히 서 있는 유찬도 작곡에 어느 정도 소질이 있다고 듣긴 들었지만.

용찬의 시선은 완전히 상준에게 쏠려 있었다.

이미 마음을 정한 순간, 망설일 이유가 없었다.

거침없는 용찬의 한마디가 상준에게 꽂혔다.

"나와 같이 곡을 좀 만들어줬으면 하는데."

*　　　　*　　　　*

작곡이라.

그것도 당대 최고의 인기 작곡가의 앞에서.

상준은 예상 밖의 거대한 제안 앞에서 잠시 고민했다.

상준을 불러와 달라는 말만 들었을 뿐, 정확히 그 의도는 모르고 있었던 조 실장이 놀란 눈으로 덧붙였다.

"같이 곡 작업을 한다고?"

마이픽의 소속사별 경연을 열었던 '밤바다'.

그 곡을 상준이 만들어냈다는 걸 알았을 때 엄청난 충격에 휩싸였던 건 사실이지만, 어디까지나 아마추어의 영역이었다.

조승현 실장은 걱정스러운 눈길로 상준을 돌아보았다.

"할 수 있겠어?"

분명 엄청난 기회다.

이런 위대한 작곡가와 함께 곡을 만들어나갈 수 있다는 것은.

'입문자편.'

지금 상준의 재능이 감히 눈앞의 이 남자를 따라갈 정도는 아니더라도.

상준은 먼발치에서라도 그를 따라가고 싶었다.

그렇기에, 잠시 고민하던 상준의 입에서 당찬 한마디가 흘러나왔다.

"할 수 있을 것 같습니다."

"오호."

음악을 하겠다며 포부를 가지고 달려온 아마추어 작곡가들도 그의 앞에서는 허둥지둥하기 일쑤였다.

그런데 일개 연습생이 저렇게 패기를 보일 줄이야.

정용찬은 그런 상준의 패기가 썩 나쁘지 않았다.

흐뭇한 그의 한마디가 입에서 튀어나왔다.

"그러면, 실력을 한번 보도록 하지."

「기적의 포토그래퍼」.

고작 어제 빌린 재능이지만, 금세 놓아주어야 할 때가 온 것 같다.

상준은 허공을 올려다보며 빠르게 작곡 재능을 대여했다.

[935번째 재능 '21세기의 베토벤'을 대출하시겠습니까?]

재능을 대여하기가 무섭게, 정용찬이 예리한 눈길로 물어왔다.

"작곡은 어떤 식으로 하는 편인가?"

작곡가들마다 저마다의 스타일이 있다.

풍경을 보자마자 악상을 그려내서 술술 악보에 써 내려가는 스타일도 있는 반면, 한참의 고민 끝에 간신히 멜로디를 쥐어 짜

내는 스타일도 있다.

그걸 그려내는 방식 또한 저마다 다르다.

가사를 먼저 떠올리고 멜로디를 입히는 경우도 있지만.

멜로디를 먼저 구상한 후 가사를 생각해 내는 경우도 있으니까.

"저는……."

상준은 밤바다를 작곡하던 순간을 떠올렸다.

「21세기의 베토벤」 덕에 술술 써 내려갔던 곡.

하지만, 그 시작에는 도영의 한마디가 있었다.

'그리하여 트로피컬 하우스 장르는 어떨까, 하는 조심스러운 의견이거든?'

트로피컬 하우스.

여름 느낌이 나는 장르라 하니, 가장 먼저 떠올랐던 것이 바로 바다.

그 사소한 주제로부터 던져진 곡이 바로 '밤바다'였다.

상준은 부드러운 미소를 지으며 말했다.

"주제를 던져주시면 그에 맞는 곡을 쓸 수 있습니다."

"오호, 주제?"

마치 어떤 주제든 던져만 달라는 듯한 도전적인 한마디.

정용찬은 만족스러운 표정으로 웃음을 터뜨리곤, 상준을 실험하듯 되물었다.

"어떤 주제든 상관없나?"

"네, 그렇습니다."

1초의 망설임도 없는 대답.

옆에 서 있던 유찬이 걱정스러운 눈길로 상준을 돌아보았다.

"형, 진짜 어떤 주제든 다 쓸 수 있다고?"

"그러엄, 베토벤이라니까."

"모짜렐라겠지, 형."

도영이 꺼냈던 한마디로 받아치는 유찬.

작게 속삭이는 목소리지만 다 들린다.

정용찬은 흥미로운 눈길로 둘을 돌아보며 웃음을 터뜨렸다.

'밤바다⋯⋯.'

'마이픽' 첫 방송 날.

JS 엔터에서 그 곡을 들고 왔을 때, 적잖이 놀랐던 그였다.

처음에는 고작 소속사 경연에서부터 저토록 퀄리티 있는 노래를 들고 온 데에 대한 놀람이었지만, 이내 그 놀람은 상준에게로 향했다.

당연히 소속사에서 도움을 줬을 줄 알았건만, 혼자서 끝낸 작업이라는 게 믿기지가 않아서였다.

'뭐, 보면 알겠지.'

생각을 마친 정용찬이 고개를 까닥이자, 상준은 조심스레 탁자 앞에 앉았다.

마스터 키보드, 신시사이저, 마이크, 인터페이스까지.

미디 작곡을 위한 고급 장비들은 이미 다 갖춰진 상태다.

'몇 번 다뤄본 적은 있는데.'

상준은 반짝이는 눈으로 모니터를 응시했다.

「21세기의 베토벤」.

이 귀한 재능이 빛을 발할 순간이었다.

그렇지 않은가.

'21세기가 아니라 18세기였으면 어쩔 뻔했어.'

상준은 안도의 한숨을 내쉬며 능숙하게 장비를 다루었다.

그런 상준의 모습을 물끄러미 내려다보던 정용찬이 주문하듯 주제를 내걸었다.

"어떤 주제든 상관없다면."

"네."

"나를 주제로 곡을 하나 뽑아볼 수 있나?"

상준이 놀란 눈으로 고개를 돌렸다.

"작곡가님을 주제로요?"

"뭐든 상관없다며."

깐깐한 그의 레이더가 상준을 향했다.

180센티의 거구의 남자. 덥수룩한 수염에 예리해 보이는 눈빛.

상준은 천천히 정용찬을 훑었다.

오늘 초면인 사이에 불과하지만, 왠지 모를 자신감이 솟았다.

"할 수 있을 것 같습니다."

드르륵.

상준의 눈에 가장 먼저 들어온 건 마스터 키보드.

조그마한 소형 키보드 같은 녀석으로, 여기서 친 멜로디를 그대로 프로그램에 옮길 수 있다는 점이 편리하지만.

"크흠."

상준은 피아노를 칠 줄 모른다.

'밤바다'의 멜로디를 미디 음악으로 옮겼을 때에도, 상준은 끝내 이 친구를 사용하지 못했다.

마음속 피눈물을 흘리며, 상준은 자연스레 마우스로 손을 옮겼다.

'설마.'

정용찬은 의아한 낯빛으로 상준을 바라보았다.

여러 장비를 능숙하게 사용하는 다른 작곡가들과 달리.

직접 찍어 내려간다.

"지금 뭐 하는 건가?"

"음을 찍고 있습니다."

상준이 여유로운 목소리로 웃어 보이자, 정용찬은 당황스러운 낯빛이 되었다. 고가의 장비가 이렇게나 많은데, 겨우 마우스 하나로 곡을 만들고 있다.

그러지 말라는 법이야 없다만…….

"어느 세월에 그걸 다……."

뒷말을 이어가려던 정용찬 작곡가는 그대로 말을 멈추었다.

악보에서 음표를 하나하나 그려가듯이, 분명 모든 음을 직접 찍어내는 데도.

'빠르다.'

빛과 같은 속도로 더해지는 음들.

베이스가 된 멜로디를 그려낸 후, 상준의 빠른 손길은 베이스 멜로디에 색을 입히기 시작했다.

그 위에 얹어지는 묵직한 드럼 비트.

다채로운 악기들이 이뤄내는 조화가 상준의 머릿속에서 그려졌다.

'이 부분엔 이 음을 채워 넣고…….'

'여기가 조금 허전해.'

'이렇게 들어가면 완벽할 것 같은데.'

자꾸만 떠오르는 악상.

상준은 그 악상에 온전히 몸을 맡긴 채, 남은 빈자리를 완벽히 채워 넣었다.

그렇게 몇십 분이 지났을까.

"끝났습니다."

"와."

짧은 탄식이 정용찬의 입에서 튀어나왔다.

신이 내린 손놀림이다. 저렇게 빠르게 음을 손수 찍어내는 친구는 본 적이 없었다.

'대단해.'

보는 재미가 너무 쏠쏠했던 터라, 시간이 이렇게 흐른지도 몰랐다.

정용찬은 팔짱을 낀 채 말했다.

"한번 들어보지."

"네, 틀어볼게요."

"와……"

가만히 서 있던 유찬은 혀를 내두르며 한 걸음 뒤로 물러섰다.

'밤바다' 때도 충격 그 자체였지만, 저런 미친 속도로 곡을 찍어내는 모습이라니.

굳이 완성곡을 듣지 않아도 대강 짐작이 갔다.

'또 일을 터뜨리겠구나.'

그런 유찬의 짐작이 맞아떨어지듯.

스피커에서 완성본이 흘러나오기 시작한 순간.

"……."

용찬은 놀란 눈을 번뜩 떴다.

묵직한 사운드로 시작하는 멜로디, 그 위에 얹어지는 무게감 있는 드럼 비트. 노래 자체가 좋은 것도 분명했지만, 용찬이 놀란 이유는 따로 있었다.

'묘하게 비슷해.'

용찬을 온전히 그려낸 듯한 멜로디 앞에서, 유찬 역시 입을 벌릴 수밖에 없었다.

유찬은 작은 목소리로 조승현 실장에게 말을 걸었다.

"진짜 비슷한데요."

"그러게."

차마 말로 형용할 수 없지만, 이 멜로디를 듣는 순간 용찬이 떠오른다.

용찬은 미묘한 감정 앞에서 혼란스러운 얼굴이 되었다.

천재적인 재능.

가히 압도적이라고 말할 수 있는 재능이다.

"이 주제를 이렇게 담아낸다고?"

용찬은 저도 모르게 탄성을 터뜨렸다.

군데군데 사소하게 손을 볼 부분은 분명 보였지만, 어정쩡한 프로 작곡가들의 곡보다도 훨씬 매력적이다.

날것 그대로의 느낌.

다듬어지지 않았기에 더욱 톡톡 튀는 곡의 매력을, 용찬은 포기하고 싶지 않았다.

'충분해.'

재능은 충분하다.

상준을 향한 시험을 마친 용찬은 흡족한 미소로 말을 이었다.

"그러면 몇 곡 더 만들어볼 수 있겠어?"

"네, 물론이죠."

단번에 대답을 마친 상준이 다시 모니터 앞에 앉았다.

솟아오르는 악상.

주제만 던져주면 어떤 곡이든 만들어낼 수 있을 것 같다는 자신감이 생겼다.

"한 번에 여러 개 만들어보도록 하죠."

"어후, 자신감이 아주……."

용찬이 피식 웃음을 터뜨렸지만, 상준은 완전히 모니터에 빠져들었다.

달칵.

마우스 휠을 움직이는 현란한 소리.

아까보다 빨라진 손놀림에 가만히 서 있던 유찬도 옆에 앉았다.

호기심 가득한 그의 목소리가 물어왔다.

"이번엔 무슨 주제야?"

"이번에는……."

말 한마디 꺼내기 무섭게, 사방에서 쏟아지는 주문.

"상준아, 이것도 만들어봐라."

"형, 이것도. 이것도!"

"이건 어떤 것 같아?"

주제만 던져주면 족족 멜로디 라인을 뽑아내니.

신이 난 유찬과 조 실장이 번갈아 말을 뱉었다.

그리고, 놀랍게도.

"하아… 하."

상준은 진이 빠진 얼굴로 고개를 들었다.

옆에서 조잘대는 말에 슬쩍 넘어가다 보니 정신없이 곡을 뽑아낸 상준이었다.

모니터 화면에 가득 찬 데모곡들을 보곤, 용찬은 탄성을 뱉어냈다.

아무리 악상이 떠오른다고 해도 저렇게 순식간에 곡을 뽑아내는 경우는 처음 본다.

'집중력이 대체……'

"일단 다 만들어보았어요. 한… 여섯 곡 정도 되네요."

지친 기색이지만 두 눈만은 여전히 반짝이고 있었다.

물끄러미 모니터를 응시하던 용찬이 조심스레 입을 열었다.

사실 뒤에서 상준이 작곡하는 걸 쭈욱 지켜보며, 그 역시도 멜로디를 따라 그려내고 있었다.

"흐음."

여섯 곡 모두 저마다의 색이 살아 있는 곡임에 분명하지만, 사실 더 고민할 것도 없었다.

용찬의 시선은 그중 하나에 꽂혀 있었으니까.

"데모 3번."

"3번이요?"

[Demo 3.] 、

모니터 오른편에 떠 있는 리스트를 확인한 그의 한마디에, 상준은 싱긋 미소를 지어 보였다.

그 역시도 만들 때 어렴풋이 느꼈으니까.

'이 곡이지.'

오늘 만든 노래 중에 단연 상준의 마음을 사로잡았던 악상.

상준은 자신 있게 노래를 클릭했다.

그리고.

부드러운 멜로디가 녹음실을 가득 울렸다.

가벼운 기타 소리와 함께 시작하는 노래.

피서지에 온 것 같기도 하고, 꽃구경을 온 것 같기도 한 밝은 멜로디.

설렘 가득한 멜로디 라인이 중독성 있게 문을 열고, 그 위에 신나는 드럼 비트가 얹어진다.

'탑보이즈.'

상준의 부드러운 목소리와 도영의 밝은 서브보컬, 제현의 맑은 보이스.

유찬과 선우의 나직한 랩까지.

그들의 목소리가 마치 이 멜로디 위에 색을 칠하는 기분이다.

다섯 멤버 특유의 청량함.

"와."

다섯을 누구보다 잘 알고 있는 조승현 실장의 입이 점차 벌어졌다.

용찬을 멜로디만으로 완벽하게 그려냈듯이.

다섯의 색을 하나도 빠짐없이 그려낸 곡임이 분명했으니까.

심지어 좋다.

'어떻게 이 정도로 좋을 수가 있지.'

한참의 침묵이 이어지고.

정용찬 작곡가는 조심스레 입을 뗐다.

"이거네."

탑보이즈의 데뷔앨범이 어떻게 그려질지는 알 길이 없지만.

분명 그 탑에 있어야 할 건 이 노래라는 생각이 들었다.

조금은 서툴지만 강력하게 자신을 잡아끄는 멜로디.

용찬은 단언할 수 있었다.

이번 데뷔앨범 중 타이틀곡이 정해진다면.

이 곡이 되어야 한다고.

"나는 이걸로 갔으면 하는데."

"정말요?"

상준의 얼굴이 금세 밝아졌다.

"그럼 제가 이 곡을 한번 손보도록……."

"그래, 수록곡으로 넣어도 될 정도의 퀄리티야."

조승현 실장 역시 고개를 끄덕이며 상준의 어깨를 토닥였다.

자신의 곡이 데뷔앨범의 수록곡으로 들어간다는 건, 연습생에 불과한 상준에겐 엄청난 명예였으니까.

상준은 해맑은 미소로 용찬을 응시했다.

"아니."

하지만, 이어진 그의 한마디에.

상준은 기겁할 수밖에 없었다.

"타이틀곡으로 가자고."

＊　　　　＊　　　　＊

JS 엔터의 회의실 안.

1팀장 정혁의 볼멘소리가 울려 퍼졌다.

"아니, 아무리 그래도 연습생이 만든 곡을 타이틀곡으로 미는 건 아니죠."

"저도 동감합니다."

준석 역시 화력을 지원하고 나섰다.

정용찬의 곡을 놔두고 난생처음 작곡해 본다는 연습생의 곡을 타이틀로 밀겠다니.

조승현 실장이 그 말을 꺼냈을 때, 다들 미친 사람처럼 보는 것도 의아한 일이 아니었다.

"한 번만 들어보라니까."

안정성을 갖춘 정용찬의 곡.

조승현 실장 역시 그의 곡을 타이틀로 쓰고 싶은 마음이 있었으나, 이번 일은 전적으로 용찬의 의견 때문이었다.

'믿어봐. 그거 진짜 괜찮은 곡이야.'

'아무리 그래도……'

조승현 실장이 듣기에도 그럴싸한 곡임에는 틀림없었다.

그럼에도 내면에 깔린 두려움이 그런 도전을 주저하게 했다.

하지만 음악에 있어서는 용찬의 눈이 누구보다 뛰어나다.

'그렇다면 한 번쯤은 도전해 봐도 좋지 않을까.'

조승현 실장 역시 이 기회를 놓치고 싶지는 않았다.

분명 빛을 보기에 완벽한 곡.

그럼에도 반응은 싸늘했다.

"저는 절대 반대입니다."

"저도 마찬가지예요."

팀원들의 의견을 무시하고 밀고 나갈 수는 없으니.

조승현 실장이 난처한 얼굴로 침을 삼키던 순간이었다.

"아, 죄송합니다. 차가 막혀서."

벌컥.

용찬이 헐떡이며 문을 열어젖혔다.

그의 획기적인 한마디에 모두 이 회의에 모인 만큼, 조 실장은 그가 구원자라도 되는 듯이 올려다보았다.

예상대로, 정혁은 그가 자리에 앉자마자 물음을 던졌다.

"연습생 노래로 타이틀곡 하자고 하셨다던데."

"그 녀석이 그냥 연습생은 아니라니깐요."

용찬이 인상을 찌푸리며 손을 내저었다.

진심을 담은 한마디였지만, 준석은 그가 빈말을 하는 것이라고 여겼다.

"그래도 작곡가님 곡이 저희로서는 훨씬 믿음이 가지 않겠습니까. 원래 곡을 주기로 하셨는데 갑자기 말을 바꾸시면……."

일이 밀린 나머지 상준에게 일을 떠밀어버린 건 아닌가.

준석의 입장에서는 그런 의심이 앞섰다.

하지만, 걱정하지 말라는 듯 용찬의 폭탄 같은 한마디가 흘러나왔다.

"저는 수록곡으로 참여할 겁니다."

"예?"

"뭐라고요?"

순식간에 일렁이는 회의장.

준석은 기겁한 얼굴로 의자를 뒤로 젖혔다.

유명 작곡가가 타이틀곡도 아닌 수록곡을 하겠다고 한발 빼다니.

게다가 타이틀곡 자리를 연습생에게 양보한다고?

"아니, 갑자기 왜 그러시는 겁니까."

답답하다는 듯 1팀장 정혁도 목소리를 높였다.

그럼에도 용찬은 한없이 태연한 기색이었다.

'이런.'

조승현 실장은 머리를 짚으며 용찬의 뒷말을 기다렸다.

저리도 확신에 차서 벌인 일이니, 알아서 수습하겠지.

그리고, 그런 조 실장의 기대를 한참 웃도는 말이 용찬의 입에서 튀어나왔다.

"저는 이 이상의 곡을 뽑아낼 자신이 없습니다."

가히 충격적인 한마디.

준석을 포함한 회의실의 일동은 동시에 두 눈을 끔뻑였다.

"뭐… 뭐라고요?"

그나마 가장 먼저 정신을 차린 것은 준석이었다.

당황한 나머지 급기야 말을 더듬기 시작하는 준석.

"지금 일개 연습생이 만든 곡이, 작곡가님 곡보다 좋다고… 뭐 그런 말도 안 되는 소리를 하시는 겁니까?"

"다른 연습생도 아니고 당신 회사 연습생인데, 좀 믿어봐요. 그렇게 신뢰가 없어요?"

오히려 태연하게 받아치는 용찬의 한마디에, 준석은 얼굴을 붉혔다.

JS 엔터의 유명곡들을 작곡해 주는 용찬과, 사실상 이 회의장에서 가장 큰 파워를 쥐고 있는 조승현 실장까지.

저 둘이 이렇게 나서니 할 말이 없다.

준석은 일그러진 얼굴로 말을 뱉었다.

"하아, 그러면 한번 들어보죠."

스스로 생각하기에도 얼마나 터무니없는 제안이라는 걸 알기에.

조승현 실장도 말을 아끼고 있었다.

이때다 싶어, 조 실장은 휴대전화를 꺼내 들었다.

"틀어보도록 하겠습니다."

긴장한 기색이 역력한 그의 목소리가 회의실에 울려 퍼지고.

곧이어 밝게 흘러나오는 전주에 모두들 조용해졌다.

디리링.

맑은 기타 소리와 함께 용찬이 깔끔하게 손본 편곡.

아마추어의 실력에서 프로의 솜씨로 업그레이드된 듯한 음에도, 예전의 특색은 고스란히 남아 있다.

조승현 실장은 저도 모르게 콧노래를 흥얼거렸다.

'듣기만 해도 기분 좋아지는 곡.'

한 번 들을 때는 몰랐는데, 들으면 들을수록 마냥 좋다.

노래의 길이조차 체감이 되지 않을 정도로 순식간에 흘러가는 멜로디.

손가락을 까닥이던 조 실장은 노래가 끝난 후에야 천천히 고개를 들었다.

그리고.

"어… 음……"

냉랭한 시선으로 의견을 피력하던 이들의 표정이.

아까와는 사뭇 달라져 있었다.

'뭐지?'

준석은 당황한 낯빛을 감추지 못했다.

일말의 기대감도 없이 반대할 생각으로 들었던 곡인데…….

예상외로 좋다.

아니, 그냥 좋았다.

'착각인가.'

하지만, 그 착각은 비단 그만의 것이 아닌 모양이었다.

한참 동안 이어지는 침묵.

잠시 망설이던 준석이 먼저 침묵을 깨고 입을 열었다.

"…좋긴 좋네요."

인정하기 싫지만 인정할 수밖에 없다.

조용히 앉아 있었던 정혁 역시 놀란 눈으로 말을 뱉었다.

"이게 정말 그 친구가 작곡한 거라고요?"

"네, 밤바다 때 곡 쓴 친구."

"허어……."

연습생에게 타이틀곡을 맡긴다라.

너무도 큰 위험 부담이 따르는 일이다.

그럼에도 반박할 수가 없었다.

노래가 좋았으니까.

"제 말이 맞죠?"

용찬이 피식 웃음을 터뜨리며 말을 뱉었다.

"저는 이 이상의 곡, 쓸 자신 없다니까요."

"……"

탑보이즈를 연상케 하는 해맑은 리듬과 중독성 있는 후렴구도 좋았지만.

단순히 노래가 좋다고 말하기엔, 또 다른 끌림이 있었다.

'계속 듣고 싶은 노래.'

조승현 실장의 생각을 증명하듯, 옆에 앉아 있던 여직원이 끼어들었다.

"근데……. 저는 이 곡 진짜 좋은데요."

"솔직히 저도 좋아요."

"저도."

사방에도 쏟아지는 목소리.

준석은 붉어진 얼굴을 바닥으로 떨구었다.

연습생, 연습생이 만든 노래. 그 한마디로 그렇게 무시했건만.

'좀 믿어봐요. 당신 회사 연습생인데.'

용찬의 말이 어느 것 하나 틀린 게 없다.

붉게 물든 귀를 숨기며 준석은 여직원의 말을 들었다.

"제 생각에는."

그녀는 턱을 잠시 쓸어내리더니 신중한 목소리로 말을 뱉었다.

"뭐랄까. 아침에 듣기 좋은 노래 같아요. 아침마다 생각날 거같은 노래."

"모닝콜 느낌?"

"아, 맞아요!"

모닝콜.

'형, 이번에는 그런 노래 한 곡 만들어보는 게 어때?'

유찬과 조 실장이 말하는 주제를 족족 받아 적었던 상준.
그중에서 유찬이 꺼낸 한마디가 이 노래를 연 발단이었다.

'우리 아침마다 엄청 일어나기 싫어하잖아.'
'난 아닌데.'
'형은 비정상적인 성실이고.'

유찬의 짜증 섞인 한마디.
그 뒤로 그의 진지한 목소리가 이어졌다.

'아침에 듣고 싶은 노래. 이 노래만 들으면 잠을 자다가도 일어나
고 싶게끔 만드는 거야. 아침을 깨우는 노래!'
'모닝콜처럼?'
'바로 그거지.'

그런 의미에서, 여직원의 말은 정확했다.
조승현 실장은 부드러운 미소를 지으며 고개를 끄덕였다.
"맞아, 모닝콜."
"이야, 저 바로 맞춘 거네요."
들뜬 목소리로 내뱉는 그녀의 말을 들으며, 조승현 실장은 휴

대전화를 내려다보았다.

Demo 3번.

탑보이즈의 데뷔를 열 곡.

그 곡이 그의 손에 들려 있었다.

이번에는 망설임 없는 그의 한마디가, 회의장에 울려 퍼졌다.

"자, 그럼 이걸 타이틀곡으로."

아까와는 달리 수긍하는 듯한 눈빛들.

조승현 실장은 흐뭇한 미소와 함께 고개를 끄덕였다.

"한번, 제대로 만들어보자고."

＊　　　　＊　　　　＊

"와아아, 녹음실이다! 와아아악!"

고요한 녹음실의 정적을 깨우는 도영의 목소리.

유찬은 혀를 차며 오늘도 어김없이 시비를 걸었다.

"진짜 모닝콜은 재지. 아침마다 저러는데 안 일어나고 배겨?"

다행히도 비교적 잠이 많은 도영이지만, 이따금 일찍 일어나는 날이면 온갖 소란으로 멤버들을 깨워 버린다.

한이 가득 담긴 유찬의 말이었지만, 상준은 사과주스를 들이 켜며 고개를 까닥였다.

"바람직한 현상이야. 인간이 하루에 얼마나 많은 시간을 잠에 버리는지 알아? 우리는 잠을 좀 줄여야 할 필요가……."

"아악! 이 형도 진짜 정상은 아니야."

듣기 싫다는 듯 몸서리치는 유찬.

상준은 가련한 중생을 보는 듯한 표정으로 유찬을 돌아보았다.

황당한 유찬의 목소리가 흘러나왔다.

"뭔데, 그 표정."

"너를 보는 표정이지."

"해탈한 표정인데⋯⋯?"

"온화한 표정이라고 해두자."

반쯤 포기한 듯한 목소리로 말을 뱉은 상준은 또다시 가사 숙지에 들어갔다.

이미 도영은 목을 풀겠다며 구석에서 난리를 치고 있었다.

"어푸푸푸⋯⋯. 예베베베⋯⋯."

"왜 저러는 거야?"

입술을 떨면 목이 잘 풀린다는 말을 듣긴 했지만.

그다음 도영의 행보는 도무지 이해가 가지 않는다.

"꾸엑. 꾸에엑."

"목은 왜 치는 건데⋯⋯?"

무한 열정맨 상준조차 의아한 표정으로 도영을 돌아보았다.

셀프 넥 슬라이스를 시전하는 저 진지한 눈빛.

보다 못한 유찬이 사악한 미소를 지으며 나섰다.

"형, 내가 직접 쳐주고 올게."

곧바로 이어지는 외마디 비명.

"실장님! 실장님, 유찬이가 저 때릴라⋯ 아악!"

소란스럽지 않으면 탑보이즈가 아니다.

선우 역시 해탈한 표정으로 가만히 의자에 앉아 있었다.

상준은 흐뭇한 미소를 지으며 따라 앉았다.

"에구, 얘들이 그렇지 뭐."

"너도 정상은 아니니까 조용히 하자. 곡 하나 만들었는데 그게 타이틀이 되는 연습생이 어딨겠냐."

조승현 실장의 말을 전해 듣긴 했지만, 사실 상준 역시 믿기지가 않았다.

용찬이 자신을 놀리려고 그냥 꺼낸 말일 줄 알았는데, 최종 회의에서 결정이 나다니.

소식을 전해 듣고 믿기지 않아 한참을 멍하니 있었던 상준이다.

"그러게. 운이 좋았지."

"실력이지, 그건. 운이 아니라."

괜히 띄워주니 마냥 부끄럽다.

기분 좋은 미소를 짓던 상준은 화제를 돌렸다.

"크흠. 곡 연습은 잘돼가?"

파트 분배는 유지연 선생이 직접 해주겠다고 했으니.

아직 정해진 파트조차 없는 상태다.

한 그룹을 함께 이끌어가는 멤버들이지만, 저마다 파트 욕심은 분명히 있을 수밖에 없었다.

"잘해야지."

그럼에도 선우는 욕심 없는 얼굴로 부드럽게 웃어 보였다.

악의 없는 맑은 미소.

상준은 항상 저렇게 웃어주는 선우가 마냥 고마웠다.

스파르타식으로 멤버들을 이끌어가는 게 상준이라면, 항상 뒤에서 다독여 주는 건 선우의 몫이었으니까.

상준이 고마움의 한마디를 꺼내려던 때, 유지연 선생의 명랑한 목소리가 들려왔다.

"얘들아, 곡 연습은 다 했고?"

"어, 쌤! 오늘 바로 녹음 들어가는 거예요? 크으, 저는 준비 다 됐는데 게으른 유찬이는 아직 안 했다고……."

"시끄러!"

언제나처럼 나불대는 도영을 지나쳐, 유지연 선생은 의미심장한 미소와 함께 자리에 앉았다.

"자, 그러면 한번 볼까?"

"어……?"

유지연 선생 뒤로 불쑥 따라 들어온 뉴 페이스.

상준은 반사적으로 고개를 숙였다.

"이쪽은 하윤재 프로듀서님."

"안녕하세요!"

"잘 부탁드립니다!"

하윤재는 떨떠름한 표정으로 대강 고개만 숙여 보였다.

얼핏 봐서는 그냥 어려 보이는 애들.

'진짜 노래 잘 부른다니까. 걔네 장난 아니야.'

거듭 강조하던 유지연 선생의 말이 있긴 했지만.

하윤재는 그 말을 백 프로 신뢰하지 않았다.

대충 멤버들을 쓰윽 훑던 그의 시선이 상준에게 멈췄다.

'쟤가 그 아리랑인가.'

그 무대만큼은 하윤재도 본 적 있었다.

하지만.

'그냥 튀려고 하는 놈이더만. 뭐가 대단하다고.'

음악의 잠재력을 볼 수 있는 능력은 저마다 다르다.

하윤재는 그저 특이한 선곡이었다고 단정 지으며 속으로 깎아내릴 뿐이었다.

'보나 마나 얼굴만 반반해서 노래 설렁설렁하는 녀석이겠지.'

하윤재는 아이돌들을 그다지 좋아하지 않았다.

그 배경에는 JS 엔터의 첫 아이돌, 세이원의 영향이 컸다.

'다들 뺀질뺀질해 가지고.'

저 녀석들 역시 그럴 게 분명했다.

혼자서 단언을 마친 하윤재는 깐깐한 목소리로 말을 뱉었다.

"그냥 바로 녹음부터 들어가지, 한 명씩."

"그럴까요?"

유지연 선생이 웃으며 상준의 등을 떠밀었다.

다섯 중에서 단연 보컬로서는 최고인 상준이다.

워낙 깐깐한 윤재의 성격을 알았기에, 처음부터 확 기대치를 높여놓는 편이 좋지 않을까 하는 그녀의 계산이었다.

"어서, 들어가 봐."

달칵.

상준이 녹음실 부스 안으로 들어가자마자, 유지연 선생은 들뜬 목소리로 말을 이었다.

"쟤 한번 봐봐. 진짜 대단하다니까. 누군지 TV에서 한번 본 적……."

"알아."

떨떠름한 목소리.

유지연 선생은 의외라는 낯빛으로 물었다.

"잘 부르지 않아?"

"그래 봤자 아이돌이지."

"아니, 그런 선입견 가지지 말고, 내 말 한번 들어봐. 쟤가 얼마나……"

"됐어. 시작해."

애당초 기대를 하지도 않는다.

시종일관 비아냥대는 하윤재의 태도에, 유지연 선생은 인상을 찌푸렸다.

음악에 대한 자신감이 높다 못해 하늘을 찌르는 윤재지만, 유지연 선생 역시 마찬가지로 자신이 있었다.

'한 소절만 들어봐라.'

분명 끔뻑 죽을 테니까.

녹음실의 빨간 불이 켜지고.

유지연 선생이 반짝이는 눈으로 자신 있게 말을 뱉었다.

"자, 시작해 보자."

*　　　　　*　　　　　*

깔끔하게 다듬어진 모닝콜의 전주에 맞춰, 상준은 조심스레 입을 열었다.

밝은 기타 소리 위로 얹어지는 목소리.

신이 내린 목소리답게 부드러운 목소리가 음원에 담겼다.

아침을 깨우는 소리 잠에서 일어나

너로 인해 시작하는 하루

흔들림 없이 안정된 목소리.

별생각 없이 볼펜을 돌리던 하윤재의 손이 그대로 멈췄다.

'뭐지?'

아리랑 무대를 화면으로 보긴 했지만.

짧은 구절이 편집된 탓에, 제대로 된 무대를 본 적은 없는 윤재였다.

그래 봤자 아이돌 연습생이 얼마나 한다고.

유지연 선생의 거듭된 감탄에도 윤재는 회의적인 태도로 일관했다.

'표정 재밌네.'

유지연 선생은 피식 웃으며 하윤재를 슬쩍 바라보았다.

아까의 오만한 눈빛은 어디로 가고, 넋이 완전히 나간 표정.

윤재의 시선은 노래를 부르고 있는 상준에 완전히 꽂혀 있었다.

눈을 뜨면 들려오는 너의 목소리
I wanna hear your voice
오늘도 하루를 기분 좋게 시작해

그다음으로 이어지는 랩 파트.

사실 랩 파트를 상준이 혼자서 소화해 본 적은 없었다.

잠시 망설이던 상준은 과감하게 랩을 시작했다.

부드러운 목소리 탓에 속삭이듯 들리는 랩.

하지만, 밝고 따뜻한 곡의 특성상 그마저도 어울렸다.

'그냥 다 잘하는데……?'

하윤재는 인상을 찌푸리며 눈앞의 연습생을 물끄러미 바라보았다.

그토록 무시했는데도.

시원시원한 고음 파트, 초반부의 감미로운 보이스에 이어 감성적인 랩.

그리고.

이 노래의 킬링 포인트.

"전화받아."

"와우……."

하이라이트 파트가 끝나자마자, 속삭이듯 내뱉는 한마디.

충격적인 노랫말이 울려 퍼지자마자, 구석에 앉아 있던 멤버들이 호들갑을 떨기 시작했다.

"전화받으래. 워어어어—."

"방금 살짝 소름 돋았어, 나."

내 동료의 비즈니스를 관찰하는 건 다소 버겁다.

유찬은 몸서리를 치며 머리를 감싸 쥐었다.

그다음은, 자신의 몫이니.

"딴거 다 제쳐놓고 난 저건 못 하겠다."

"너 그래 놓고 엄청 느끼하게 잘할 거잖아."

선우의 한마디에 절대 아니라며 손사래를 치는 유찬.

그 와중에 도영은 해맑게 동영상으로 그 장면을 담아내고 있었다.

대강 한 달 치 놀림감이다.

하지만, 해맑게 놀고 있는 멤버들과는 달리.

유지연 선생은 이미 감격에 젖은 표정이었다.

"이야, 저 파트는 무조건 맡겨야겠는데?"

듣는 팬들로 하여금 설레지 않을 수 없게 만드는 목소리.

「신이 내린 목소리」의 재능을 이렇게 활용하다니.

노래를 끝낸 상준은 헛기침을 하며 고개를 돌렸다.

"허어."

한참 동안 멍하니 앉아 있던 하윤재는 그제야 볼펜을 들었다.

아까 정신을 놓는 바람에 이미 저만치 날아가 버린 볼펜이다.

"예상외로……."

"잘하지?"

유지연 선생이 웃으며 뱉는 말에 하윤재는 천천히 고개를 끄덕였다.

신인 가수를 한두 번 본 게 아니지만.

저렇게까지 안정적인 가창력으로 노래를 부르는 신인은 본 적이 없었다.

베테랑에 가까운 실력에, 완벽한 목소리.

노래는 보컬트레이닝으로 충분히 늘릴 수 있다지만, 목소리는 아니다.

어떤 곡에다 집어넣어도 한번에 알아챌, 특색 있으면서도 부드러운 목소리.

"이런 인재가 있다니."

하윤재는 부끄러운 듯 고개를 떨구었다.

더 이상 고민할 필요도 없었다.

"저 친구가 메인보컬이지?"

"그렇지."

유지연 선생은 뿌듯한 표정이었다.

아이돌이라면 무작정 무시하고 봤던 하윤재에게 인정을 받다니.

역시 자신의 눈이 틀리지 않았다.

아니, 그 어떤 베테랑 가수도 인정할 실력이니까.

유지연 선생은 미소와 함께 말을 이었다.

"딴 친구들도 기대해도 좋아. 다 잘 부르니까."

"맙소사."

이번만큼은 하윤재도 딴지를 걸지 않았다.

이미 상준의 실력을 확인한 이상, 다른 멤버들을 향한 기대감도 자연히 생겨났으니.

원테이크 녹음.

어차피 파트를 체크하기 위한 1차 녹음이었지만, 충분히 완벽했다.

곧바로 끝난 녹음에, 상준은 얼떨떨한 표정으로 내려왔다.

"워우!"

상준이 나오자마자, 업된 도영의 목소리가 따라붙었다.

이미 상준이 녹음실 부스에 들어간 순간, 놀릴 거리를 대강 20가지쯤 찾아두었던 도영이다.

"크으, 내가 전화받으려고 여기서 딱 기다리고 있었는데."

그중에 가장 강력한 놀림감은 역시 읊조리는 파트.

상준은 붉어진 귀로 시선을 회피했다.

"너… 너도 녹음할 거잖아."

"난 괜찮아."

망할.

이 해맑은 낯짝에는 부끄러움 따위 티끌만큼도 없어 보인다.

이미 여러 보이스로 느끼한 멘트를 이어가고 있는 도영을 보며 상준은 혀를 내둘렀다.

그 순간.

"자, 다음."

아까와는 달리 한결 부드러워진 하윤재의 목소리가 울려 퍼졌다.

그다음은 유찬의 차례.

계속 악보를 보고 머리를 싸매고 있던 유찬이 몸을 일으켰다.

긴장된다며 잔뜩 울상이 된 유찬.

"와, 나 랩 하다가 꼬이면 어떡하지?"

메인래퍼를 맡고 있는 유찬.

이번 녹음만 잘 이끌어간다면야, 랩 파트에서의 분량은 걱정할 필요가 없다.

하지만, 긴장하면 꼬이는 발음 탓에 유찬의 낯빛이 어두워졌다.

"자, 시작할게요."

유지연 선생의 목소리가 울려 퍼지고.

유찬은 진지한 얼굴로 마이크 앞에 섰다.

감정 선을 잡았으니, 침착하게 노래를 부르기만 하면 되는데.

그 순간이었다.

"야, 그렇게 훅 들어가면……."

"아?"

문 쪽에서 들려오는 소란에, 상준은 고개를 홱 돌렸다.

껄렁껄렁한 걸음으로 들어오는 일곱 남자.

아까까지 흐뭇한 미소를 유지하고 있던 윤재의 얼굴이 차게 식었다.

"어, 형. 저 사람들……."

상준의 입장에선 초면이었지만 도영은 단번에 알아본 눈치였다.

JS 엔터의 첫 번째 아이돌, 세이원.

하윤재가 선입견을 갖게 만들었던 바로 그 아이돌이었다.

불만 가득한 표정으로 상준 쪽을 쓰윽 훑어본 남자가 싸늘한 목소리로 말을 뱉었다.

"저희가 먼저 녹음 진행했으면 하는데요."

"지금 진행하고 있는 거 안 보여?"

다짜고짜 들어와서 깽판이라니.

가뜩이나 감정이 좋지 않던 하윤재가 쌀쌀맞게 받아쳤다.

금방이라도 싸움이 날 것만 같은 팽팽한 분위기.

선배에게 싹싹하게 인사를 건네려던 도영은 타이밍을 놓쳤다.

노랑머리는 언짢다는 듯 말을 뱉었다.

"하. 저희가 지금 3년 만의 컴백인데."

후에 데뷔한 블랙빈과는 달리, 어느덧 7년 차 아이돌이 된 세이원은 완전 무명 신세였다. 거기다가 3년 만에 컴백을 앞두고 있으니 가뜩이나 날이 서 있던 녀석들이 더 예민해졌다.

마지막 기회가 될지도 모르는 컴백.

노랑머리는 성질을 내며 자존심을 세웠다.

"지금 제가 데뷔도 안 한 신인들한테 맞춰줘야 해요?"

"야."

유지연 선생 역시 인상을 찌푸리며 말을 거들었다.

"너네 오늘 스케줄 아니잖아."

"다음 주는 너무 늦잖아요."

노랑머리 뒤에 서 있던 다른 녀석도 차갑게 쏘아붙였다.

순식간에 얼어붙은 공기.

누구도 쉽게 말을 꺼내지 못했다.

사실 저렇게 싸가지 없이 굴어도 유지연 선생에겐 아픈 손가락이었으니.

유지연 선생은 애써 타이르듯 말을 뱉었다.

"충분히 너네 컴백 시기 맞춰서 들어갈 수 있어."

사실 이들이 이러는 이유도 이해가 가지 않는 건 아니었다.

오히려 탑보이즈의 데뷔보다도 세이원의 컴백 시기가 빨랐으니.

분명 오늘 녹음 소식을 듣고 깽판 치러 온 것임에 분명했다.

노랑머리는 인상을 찌푸리며 의자에 털썩 주저앉았다.

"후우, 먼저 하시죠. 특별히 기다려 드릴 테니까. 빨리 끝내주세요."

"야, 지금……."

"그만해요."

언성을 높이려는 하윤재를 유지연 선생이 막았다.

소속사에서 사실상 방치 상태로 둔 탓에 뜨지 못한 것도 있었으니, 불만이 가득할 수밖에 없었다.

그렇기에 괜히 목소리를 높일 생각이 없었다.

하지만.

"후, 얘네가 이번에 새 그룹이에요?"

세이원의 나머지 멤버들까지 주저앉아 멤버들을 빤히 바라보고 있으니, 마냥 태연하던 유찬조차도 겁을 먹은 표정이었다.

'저거 일부러 저러는 것 같은데.'

유지연 선생은 혀를 차며 세이원 멤버들을 쏘아보았다.

그럼에도 다음 녹음은 들어가야 했다.

"자, 시작하자."

유지연 선생의 한마디가 이어지자, 유찬이 울상이 된 표정으로 녹음을 시작했다.

원래대로라면 잘했을 파트도, 까마득한 선배 일곱이 노려보고 있으니 제대로 나올 리 없었다.

"…아. 다시 할게요."

"그래, 천천히 들어가. 너무 긴장하지 말고."

거듭 실수하는 유찬을 본 유지연 선생의 얼굴이 어두워졌다.

구석에서 저들끼리 시끄럽게 떠들어대고 있는 세이원.

호통을 쳐서라도 내보내야 하나, 고민하던 찰나.

노랑머리가 혀를 차며 말을 뱉었다.

"저 정도 랩도 똑바로 못 하는 수준하고는. 이런 애들을 데뷔시킨다고……."

쯧쯧.

대놓고 들으라는 듯 혀를 차는 소리에, 멤버들의 얼굴이 동시에 굳었다. 가뜩이나 차갑게 식었던 공기가 급기야 얼어붙을 지경인데, 잠시 눈치를 보던 도영이 조심스레 말을 걸었다.

"선배님!"

"뭔 선배야."

예상대로 돌아오는 싸늘한 반응에도 도영은 해맑은 얼굴이었다.

나왔다. 저 미친 사교성.

상준은 도영을 흥미로운 눈길로 바라보았다.

도영은 이미 눈웃음을 최대로 장착한 채로 바람직한 말을 뽑아내고 있었다.

"헉, 선배님! 저 선배님 팬이에요. 사진 한 장만… 찍어주시면 안 됩니까?"

"내… 내 팬이라고?"

"네! 제가 선배님 보고 JS 엔터 들어오려고 했단 말이죠."

맙소사.

입에 침도 안 바르고 거짓말을 술술 쏟아내는 도영에, 노랑머리의 표정이 미묘하게 바뀌었다.

"크흠. 그래?"

'아이고, 저 단세포.'

유지연 선생은 기가 차다는 듯 노랑머리를 돌아보았다.

말은 저렇게 해도 은근히 기분이 좋은 기색이다.

도영은 그때다 싶었는지 열심히 말을 덧붙였다.

"선배님, 스타일도 너무 멋있으시고. 크으, 춤도 엄청 잘 추시고. 제가 반이라도 따라가야 할 텐데……."

"너도 할 수 있어."

이게 무슨 상황인지.

녹음실 부스에서 눈을 끔뻑이던 유찬은, 도영이 시선을 끌어 준 사이에 무사히 녹음을 마쳤다.

압박감이 한결 가셔서인지 실수하던 구간도 무사히 통과한 유찬.

"거봐, 잘하네!"

유지연 선생의 기분 좋은 목소리가 울려 퍼지는 와중에도, 도영은 감언이설을 멈추지 않았다.

이미 반쯤 넘어간 노랑머리는 째깍째깍 고개를 끄덕이는 도영을 위한 이야기 보따리를 풀어놓고 있었다.

"나 때는 음악방송 무대가 얼마나 빡셌냐면……."

"허억, 엄청 힘드셨겠어요."

저건 무인도에 던져놔도 살아 돌아올 녀석이라고, 상준은 속으로 감탄했다.

선우 역시 같은 생각인지 입을 떡하니 벌리고 있었다.

하지만.

그 옆에 앉아 있던 냉랭한 인상의 한 남자가 불쑥 끼어들었다.

'멍청한 자식.'

분명 후배들이 놀리는 게 뻔한데, 저렇게 멍청하게 다 받아주다니.

그의 시선이 상준에게 향했다.

TV에서 본 적 있는 익숙한 얼굴인데, 회사에서 저 녀석만 대놓고 밀어주는 것도 마음에 들지 않는다.

'짜증 나.'

그에게 죄가 없다고는 해도, 괜히 시비가 걸고 싶어진다.

남자는 싸늘한 목소리로 상준을 불렀다.

"야."

"네……?"

갑자기 자신을 부르는 손짓에, 상준이 놀란 눈을 떴다.

남자는 정수기 쪽을 손으로 가리키며 말을 뱉었다.

"물 좀 떠 와."

"……."

때마침 녹음본을 체크하느라 정신이 없던 유지연 선생과 하윤재는 그 말을 듣지 못했다.

선우가 난처한 표정으로 상준을 돌아보는 사이.

상준이 태연한 미소를 지으며 자리에서 일어섰다.

"물이 필요하세요?"

어딘가 의미심장해 보이는 그의 시선이, 정수기로 향하는 순간이었다.

*　　　　*　　　　*

혹여 상준이 감정적으로 반응할까 봐 걱정이 되었던 선우지만, 상준은 예상외로 조용히 정수기로 향했다.

찬 물과 뜨거운 물이 나오는 정수기.

상준은 냉수 한 잔을 떠서 남자에게 향했다.

"여기 있습니다, 선배님."

부드러운 미소에 흔들림 없는 태도.

기분 나빠하는 기색조차 없는 저 태도가 오히려 신경을 긁었다.

남자는 굳은 얼굴로 딴지를 걸었다.

"야."

"네?"

"차가운 물은 목에 안 좋은 거 몰라?"

아.

상준은 납득이 간다는 듯 고개를 끄덕였다.

4차원이라고 하면 제현이 원 탑이었지만, 상준 역시 만만치는 않았다.

선우가 걱정스러운 눈길로 상준을 바라보았다.

"그럼 뜨겁게 해드릴까요?"

"야, 목이 델 일 있어? 네가 책임질 거야? 나 다치면?"

"그건 실장님이 책임져 주실……"

아, 이게 아닌가.

한층 굳어가는 남자의 얼굴을 보고는 상준은 말을 바꿨다.

"그럼, 어떤 비율로 따라 드릴까요?"

"뭐……?"

난데없이 비율 타령이라니.

무작정 딴지를 걸던 남자의 얼굴엔 혼란스러운 빛이 가득 찼다.

상준은 마냥 해맑은 표정으로 되물었다.

"차가운 물과 뜨거운 비율이요. 몇 대 몇을 선호하시나요?"

"그… 그딴 걸 따지는 새끼가 어딨어?"

"전 그냥 차가운 물 마시는데. 선배님이 믹스를 선호하시는 것 같아서요."

분명 조목조목 맞는 말만 하는데 열이 오른다.

남자는 붉게 달아오른 얼굴로 상준을 노려보았다.

웃는 낯에 침을 뱉을 수도 없으니, 한층 난처하다.

남자는 대충 아무 말이나 뱉어냈다.

"일… 일 대 삼!"

"아, 일 대 삼. 준비해 오겠습니다."

공손한데 빡친다.

남자는 공존하는 감정 속에서 두 눈을 끔뻑였다.

'속 좁은 인간 같으니라고.'

상준은 속으로 조소를 머금었다.

어쨌든 회사 선배인 입장이니 대놓고 적의를 보일 필요는 없었다.

그렇다고 해서.

'그냥 넘어가기엔 여간 짜증 나는 게 아니란 말이지.'

유심히 세이원 멤버들을 지켜보던 상준은, 그들의 성격을 대강 짐작했다. 아까의 노란 머리가 단세포라면, 이쪽은 반대다.

노란 머리는 저를 약 올리는 것도 모를 정도로 클린한 두뇌를 가지고 있지만, 이쪽은 아니다.

고로.

'그걸 이용하면 되지.'

웃는 낯에 침을 뱉을 수 있는 사람이 몇이나 있다고.

상준은 씨익 웃으며 다시 정수기로 향했다.

쪼르르. 물을 따르는 상준.

그런데.

'뭐야.'

남자는 이어지는 상준의 행동에 사뭇 당황했다.

"음. 대강 100밀리면……."

"쟤, 왜 저래."

"저거… 정상은 아닌 것 같은데?"

그걸 또 정확하게 계산하고 있다.

셀카 찍을 때 입사각을 따지는 것부터 어이가 없었지만, 이 와중에도 저런 신중함이라니.

선우는 혀를 내두르며 상준을 돌아보았다.

'모든 걸 열심히 하는 건 알았지만……'

물 셔틀에서조차 저렇게 열정이 넘칠 줄이야.

하지만, 선우는 한 가지 사실을 간과하고 있었다.

상준이 연기를 퍽 잘한다는 것을.

"아, 비율 못 맞췄네. 선배님, 한 번만 다시 할게요."

"그… 그냥 주지?"

"에이, 어떻게 그럽니까. 선배님 드실 물인데. 그러다가 혀 데시면 큰일 나요."

괜히 시간을 질질 끌어 쇼를 보여준다.

무슨 정수기에 보물이라도 숨겨둔 사람처럼 그 앞에 붙어서 움직이질 않으니 서서히 남자의 인내심이 바닥나고 있었다.

"하……."

기가 막힌다는 듯 남자가 입을 떡 벌리고 있을 즈음, 상준이 미소를 지으며 다가왔다.

"완벽한 비율입니다, 선배님."

"미… 미친 새끼 아냐, 이거."

"제가요……?"

영문을 모르겠다는 표정을 지어 보이는 상준.

그 뒤에는 제법 치밀한 재능이 숨어 있었다.

「무대의 포커페이스」.

태연하다 못해 평온해 보이는 얼굴.

"……."

남자는 멍한 눈길로 상준이 건네는 물잔을 받아 들었다.

겉으로 보기에는 한없이 투명해 보일 뿐인 물 한 잔이지만.

한 방울 한 방울 정성을 다한, 장인의 손길이 담겨 있다.

"하아."

화를 내기도 애매한 상황.

남자의 얼굴이 붉게 달아오르고 있었다.

그 와중에도 눈치 없는 멤버들이 끼어든다.

"세상에, 후배가 정성이 흘러넘치네."

"일 대 삼의 물맛은 무슨 맛이냐."

이미 도영에게 반쯤 넘어간 노랑머리. 뒤에서 말을 얹는 세이원 멤버들에, 남자의 얼굴이 빠르게 일그러졌다.

'미친 새끼.'

이렇게 엿을 먹이려고 정성을 들이다니.

쉴 새 없이 나불대는 도영이란 녀석도 만만찮다고 느꼈지만, 눈앞의 이 녀석은 더하다.

남자는 본능적인 직감 앞에서 몸을 움츠렸다.

"선배님, 뭐 하세요?"

그러거나 말거나.

멍하니 굳어 있는 남자를 향해, 상준이 씨익 웃으며 말을 이었다.

"식으면 비율이 안 맞아요, 선배님. 그거 한 방울 한 방울 블렌딩한 건데."

"블… 블렌딩까지."

끝까지 해맑은 상준의 한마디 앞에서.

"맛… 맛있네."

남자는 완벽히 전의를 상실했다.

*　　　　*　　　　*

넓은 연습실 가득 거친 숨소리가 울려 퍼진다.

본격적인 데뷔앨범 준비에 앞서, 짬짬이 팬들을 위한 영상을 찍어내는 탑보이즈다.

그중에서도 짤막한 일상 영상 다음으로 호응이 좋은 건 커버 댄스.

오늘은 바로 커버 댄스곡을 연습하는 날이었다.

"자, 다들 다시 모이자."

"아악, 죽을 것 같다!"

벌써 4시간을 연습했으니 체력이 바닥난 상태다.

도영은 악 소리를 내면서 간신히 몸을 일으켰다.

"아, 진짜 마이픽에서도 빡세다고 안 했던 곡을 왜 지금 하고 있냐고!"

'마이픽' 경연 때 서재진이 우겨댔던 바로 그 곡.

블랙빈의 러브 포이즌.

보컬을 중점에 둔 탑보이즈의 분위기와는 달리, 블랙빈은 빡센 안무와 랩 위주였다. 그걸 가장 잘 드러내는 노래가 이 러브 포이즌.

"와, 진짜 너무 어려워."

유찬이 한탄 삼아 뱉어낸 말엔 상준도 동감했다.

도입부부터 몰아치는 빡센 안무에, 하이라이트 파트에서는 손과 발이 안 보일 지경이다.

하지만, 명색이 선배 그룹의 대표곡이기도 한 데다가, 평상시 탑보이즈의 이미지와는 다른 곡을 시도해 보자는 의미에서 정해진 곡이기에.

빡센 한이 있더라도 일단 하긴 해야 했다.

"한 번 더."

상준이 헐떡이며 뱉은 한마디에 다시 연습이 재개됐다.

몇 번을 연습해도 익숙하지 않은 도입부.

곧바로 안무부터 들어가니 죽을 맛이다.

두두둥.

EDM TRAP의 장르답게 반복되는 리듬에 빠르게 치고 가는 랩.

유찬이 미끄러지듯 안무를 완벽히 소화했다.

"허억."

빠른 일렉트로니카의 리듬과 함께 잠깐의 쉬는 구간조차 없는 안무.

하지만, 이 안무의 가장 빡센 포인트는 따로 있었다.

유연하게 꺾어주어야 하는 파트에서는 유연하게 들어가야 하지만, 그 외에는 한 치의 오차도 허용하지 않는 절도 있는 동작.

"아악!"

고로 연습하면서도 곡소리가 튀어나오는 게, 예삿일이 아니었다.

각진 자세로 팔을 쉴 새 없이 돌려대다 보니 탈골되는 거 아니냐고 선우가 우스갯소리로 말을 더했다.

"와, 죽겠다."

한 번의 연습이 끝나자마자, 모두 제자리에 털썩 주저앉았다.

다들 기진맥진해서 헐떡이는 사이에도, 도영의 입은 쉴 새 없이 움직였다.

"나 진짜 블랙빈한테 한번 물어볼래. 대체 이걸 어떻게 한 거야?"

"……."

"상준이 형, 형은 할 만해? 와, 내가 진짜 이거 하다가 아까……."

미친 듯이 몰아치는 도영의 말에 상준조차 멍한 눈으로 고개를 끄덕였다.

저도 모르게 진심을 담은 한마디가 튀어나왔다.

"아, 진짜 힘들다."

"헐."

일순간 정적이 내려앉았다.

무슨 말실수라도 한 건가 싶어, 상준이 놀란 눈으로 돌아보자.

유찬과 도영이 동시에 말을 뱉어냈다.

"형이… 힘들기도 해?"

"야, 당연하지. 나도 사람인데."

"형이 사람이라니. 그건 인류한테 실례야."

도영이 기겁하며 말을 이었다.

"생각해 봐. 형이 이 세상 사람들의 표준이면, 나 같은 사람이 얼마나 자괴감이 들겠어."

"맞다, 맞아."

선우도 고개를 끄덕이며 말을 얹었다.

항상 열정이 넘쳐흘렀던 상준의 입에서 힘들다는 말이 튀어나올 줄은 몰랐다는 게 모두의 생각이었다.

상준은 욱신거리는 다리를 주무르며 피식 웃음을 흘렸다.

그와 함께 무서운 한마디도 다시 튀어나왔다.

"5분 쉬었으니까 다시 연습하자."

"봐, 사람 아니라니까."

도영은 투덜대면서도 끙끙대며 자리에서 일어났다.

오늘까지 커버 댄스 영상을 업로드할 계획이었으니, 최대한 안무의 퀄리티를 높여놔야 했다.

"자, 다들 일어납시다!"

선우의 한마디에 구석에서 고개를 파묻고 있던 제현이 몸을 일으켰다.

"아이고, 삭신이야."

막내의 패기 넘치는 한마디에 형들의 얼굴이 경악에 물들었다. 도영은 기겁하며 제현의 말을 막았다.

"야, 네가 그러면……."

"엉?"

"상준이 형이 얼마나 슬퍼하겠어."

"이걸 이렇게?"

가만히 있다가 한 대를 얻어맞은 거나 다름이 없다.

상준이 충격받은 얼굴로 눈을 굴리자, 가만히 있던 선우가 말을 얹었다.

"야, 우리도 아직 삭신이 쑤실 나이는 아니야. 그렇지?"

"그… 그……."

"그렇다고 말해, 어서."

동생들의 어택에 정신을 못 차리던 맏형 라인은 좋은 말로 상황을 마무리하고자 했으나, 도영의 해맑은 한마디가 그대로 꽂혔다.

"그러고 보니 제현이랑 다섯 살 차이 나. 와우……."

이제 막 고등학교에 들어간 제현과는 다섯 살 차이.

차마 도영의 계산을 인정할 수는 없었던 상준은 즉각적인 반발을 하고 나섰다.

"야, 이제현 생일 2월생이잖아. 나랑 다섯 살까지는 차이가 안 나."

"이걸 이렇게 빠져나간다고?"

졸지에 통수를 맞은 선우가 멍한 눈이 되었다.

상준은 부드러운 미소로 선우를 팔아넘겼다.

"선우는 나보다 생일 빠르니까."

"하?"

1월 3일생인 선우기에, 당연히 자신보다 나이가 많다는 상준의 주장. 하지만, 그는 한 가지 사실을 놓치고 있었다.

잠시 망설이던 선우가 의미심장한 눈빛으로 입을 열었다.

"그런데, 상준아."

쓸데없이 비장한 표정.

이미 그가 뱉어낼 다음 말을 예감한 도영은 조용히 고개를 돌렸다.

"나… 사실……."

"……."

"빠른 연생이야."

일생일대의 충격.

상준의 입이 떡하니 벌어졌다.

"나 사실 스물한 살……."

"너……. 너 어떻게 그럴 수가 있어……?"

휘몰아치는 배신감.

상준은 그대로 바닥에 주저앉았다.

상준의 절규가 연습실 가득 애타게 울려 퍼졌다.

"너… 어떻게 너만 학교를 빨리 갈 수 있어? 유치원이! 유치원이 얼마나 중요한 교육과정인데 1년을 빼먹어?"

"아악, 이거 놓고 말해!"

"야, 너 필요할 때만 한 살 줄이기가 어딨어!"

그동안 실컷 반말해 놓고 이제 와서 밑장 빼기냐며.

쏟아지는 상준의 항의에, 도영은 이미 숨이 넘어갈 지경이었다.

한참을 깔깔거리며 바닥을 구르던 도영의 시선이 제현에게 향했다.

"야, 너 뭐 먹냐."

참으로 타이밍 좋게도 팝콘 과자를 씹고 있는 제현.

열심히 싸워대고 있는 상준과 선우와는 달리 한없이 태평해 보이는 모습이다.

그 뒤로 우당탕탕 소란이 벌어졌다.

오늘도 평화로운 탑보이즈.

"얘들아⋯⋯?"

그 평화를 간신히 끊어놓은 건 조승현 실장이었다.

거기에 엉거주춤한 자세로 따라 들어오는 한 남자까지.

"실장님?"

선우와 사이좋게 바닥에 구르고 있던 상준이 고개를 들었다.

연습하랬더니만 애들이 왜 이러고 있는 걸까.

조승현 실장은 두 눈을 끔뻑였다.

그런 그를 위해 선우가 해맑게 덧붙였다.

"놀고 있었어요!"

"연습은 안 하고⋯⋯?"

"아, 그거 다 했습니다. 완벽하게."

"오호."

거기에 상준이 더하는 말까지.

뭐, 상준의 성격상 연습을 안 하고 놀았을 것 같진 않으니 그럭저럭 넘어가는 조승현 실장이었다.

문제는 초면인 한 남자.

정신없이 굴러다니는 녀석들을 보고 사뭇 당황한 기색이었다.

"안… 안녕하세요?"

제현과 나란히 앉아 팝콘을 씹어대던 도영이 눈치를 살피며 인사를 건넸다.

남자는 흔들리는 동공으로 멤버들을 둘러보았다.

'분명 참하고 얌전한 애들이라고 들었는데.'

어째 기대하던 이미지와는 영 다르다.

한참을 고민하던 남자는 조심스레 말을 뱉어냈다.

"에… 에너지가 넘치네요."

"네, 저희는 넘쳐흐르는 에너지와 해피 바이러스! 보기만 해도 기분이 좋아지는 아이돌 탑보이즈……."

"가만히 있어, 차도영."

상준이 옆구리를 찌르자, 그제야 도영은 조용히 입을 다물었다.

분명 소속사 쪽 사람 같은데 상준의 입장에서도 초면이다.

어서 상황을 정리해 줘야 할 조승현 실장마저 사람 좋은 웃음으로 웃고만 있으니 초조해지던 찰나.

조승현 실장이 입을 열었다.

"너네 안무도 슬슬 나오고, 곧 안무 연습 빡세게 들어가야 해서……."

이미 빡센데 더 빡세게 들어간다니.

일순간 멤버들의 얼굴이 굳었지만.

'최선을 다해야지.'

데뷔앨범 안무 연습은 커버 댄스와는 또 다른 감이 있었다.

온전히 그들이 만들어낼, 그들만의 곡이니까.

지친 행색으로 고개를 끄덕이는 그들을 환기시킬 조승현 실장의 한마디가 이어졌다.

"마지막으로 휴가를 주려고."

"와아아! 진짜요?"

"대박, 대박!"

정확히는 휴가를 빙자한, 데뷔 리얼리티긴 하지만.

안무 연습에서 벗어나 바람을 쐬고 올 수 있다는 건 엄청난 메리트였다.

환희로 가득 찬 멤버들의 표정을 흐뭇하게 지켜보던 조승현 실장은 옆의 남자를 손으로 가리켰다.

"이번엔 나 말고 이분이랑 함께 갈 거야."

"어……?"

"설마."

지난번 조승현 실장이 은연중에 했던 말.

'너네도 이제 매니저랑 다녀야지.'

그 말을 기억해 낸, 멤버들의 시선이 남자에게로 꽂혔다.

앞으로 멤버들만큼이나 오랜 시간을 함께할 사람.

조승현 실장은 웃으며 다음 말을 전했다.

"인사드려. 너네 새로운 매니저님이셔."

제4장

리얼리티

새로운 매니저와 함께 가는 휴가.

뒷자석에 앉아 있던 도영은 완전히 들떠 있었다.

"매니저님, 매니저님!"

"어… 그래."

매니저 송준희.

그는 멀대 같은 키로 짐을 싣고선 고개를 천천히 끄덕였다.

탑보이즈 멤버들과 함께한 지 사흘째지만, 저 넘치는 에너지만큼은 감당이 안 간다.

아직은 어색할 법도 하건만, 미친 사교성의 두 녀석이 자신을 자꾸만 붙들고 있었다.

"제가 도와 드릴까요? 헉, 이거 시계 뭐예요?"

"하하, 이게……."

"꺄아아! 동네 사람들, 저 휴가 가요!"

갑자기 짐을 나르다가 뜬금없이 시계를 빤히 쳐다보고 있는 선우.

그 뒤에 신이 나서 날뛰는 도영까지.

그나마 침착하게 서 있던 상준이 물음을 던졌다.

"저희 그러면 가서 촬영도 하는 거예요?"

"어, 그렇다더라."

"와, 신기해."

이번 휴가가 단순히 휴가만은 아니었다.

그들에게 주어진 총 열흘의 휴가.

그중 삼 일은 데뷔 리얼리티 촬영을 위해서였다.

'마이픽'부터 '드라마 인 드라마'까지.

예능 출연 경험이 없는 건 아니었지만, 이런 리얼리티는 처음이다.

상준의 얼굴에 기대감이 가득 차올랐다.

"자, 출발!"

덜컹.

짐을 마저 싣고 문을 닫은 도영이 큰 소리로 외쳤다.

"노래 틀까."

"오, 뭐 틀까."

"아, 그냥 상준이 형이 불러줘."

여섯 명이 들어찬 차 안은 그야말로 시끌벅적.

창가에 앉은 제현만 혼자 우수에 가득 찬 눈빛으로 창밖을 내다보고 있었다.

"쟨 혼자 왜 저래."

그저 음악을 들으며 생각에 잠기고 싶었을 뿐인데, 그걸 형들이 놔둘 리가 없다. 먹잇감을 포착한 듯 반짝이는 눈길로 유찬이 운을 띄웠다.

"제현이가 사춘기가 왔어요……"

"제현이는 고독을 즐기는 남자래… 아악!"

곧바로 응징에 들어가는 제현.

한참을 투덜거리는 제현에, 선우가 비장의 무기를 꺼냈다.

"제현이 막대 사탕 먹을래?"

"허어, 형 이렇게 물질적으로 사람을 현혹하면……"

말이 끝나기도 전에 막대 사탕을 움켜쥐는 제현.

황당하게도 이중적인 모습에 상준은 웃음을 터뜨렸다.

"이야, 너 되게 뻔뻔해졌다."

"뭐래."

조용히 휴가를 떠나면 탑보이즈가 아니다.

가만히 붙여만 놓고 있어도 알아서 잘 논다.

'참 해맑네.'

해탈한 건지, 적응한 건지.

송준희 매니저는 오묘한 심정으로 차를 몰았다.

하지만, 그렇게 떠들썩하게 떠드는 동안.

멤버들은 신이 난 나머지 알지 못했다.

그들의 차가 어디로 향하는지.

*   *   *

해가 지고 어둑어둑해질 무렵, 한참을 달리던 차는 산비탈 아래에 정차했다.

떠들던 멤버들도 대부분 잠에 든 터라

송준희 매니저는 멤버들을 일일이 흔들어 깨웠다.

"자, 일어나. 가야지."

"어……"

무거운 눈꺼풀을 들어 올린 상준이 화들짝 놀라 자리에서 일어났다.

휴가라기에 근사한 펜션에라도 향할 줄 알았는데.

"여… 여기가 어디예요?"

상준은 혼란스러운 눈빛으로 차에서 내렸다.

다른 멤버들도 당황한 건 마찬가지.

아기자기하게 꾸며진 펜션이 있을 거라는 예상과는 달리, 어둠이 내려앉은 산만이 그들 앞에 떡하니 자리하고 있었으니.

"형, 나 조금 무서운데."

제현답지 않게 움츠러든 어깨로 말을 뱉었다.

까악까악.

저 멀리 불길한 까마귀 소리만 들려오는 깊은 산속.

구불구불한 산길을 따라 여기까지 올라온 모양인데, 이 뒤로는 더 이상 차도조차 없었다.

잠에서 깬 선우가 놀란 눈으로 매니저에게 물었다.

"여기서 쉬다 가는 거예요?"

"이제 올라가야 돼."

"아?"

그들의 이번 휴가지는 산골짜기의 한 민박집.

이 위로는 차도 안 가는 외진 길이 남아 있다.

고로.

"짐을 저희가 들고 가야 한다고요……?"

"이거 누가 아이디어 낸 거야?"

"하, 실장님."

사방에서 볼멘소리가 튀어나왔다.

하지만, 줄곧 차를 타고 달려오다 보니 피곤했던 탓에 더 이상 대거리를 하는 멤버는 없었다.

"어휴, 그냥 빨리 올라가자."

유찬이 혀를 차며 박스 하나를 들었다.

눈앞에 들어온 등산로.

어둑어둑한 주변 때문에 겁은 났지만, 여기도 나름 사람이 다니는 길이라며 송준희 매니저가 다독였다.

"자, 이쪽으로 올라와."

가파른 길이지만 못 올라갈 정도는 아니다.

최근에 안무 연습을 빡세게 한 덕도 있었고.

"형 안 힘들어?"

틈틈이 영상을 찍어 오라는 조 실장의 말에, 제현은 그 와중에도 카메라를 꺼내 든 채 인터뷰를 진행하고 있었다.

상준은 헐떡이며 고개를 저었다.

"죽… 죽을 거 같아."

짐은 또 왜 이렇게 무겁게 싸놨는지.

도영은 축 처진 어깨로 입만 살아서 투덜거렸다.

"실장님이 안 온 이유가 있었네. 분명 우리 고통받는 거 즐긴다니까?"

"돌아가면 내가 진짜 한마디 할 거야."

유찬은 이를 악문 채 계단을 올라갔다.

문제는 한참을 올라가서였다.

두 갈래로 갈라진 길.

"어?"

"매니저님, 저희 어디로 갈까요."

설상가상으로 표지판까지 뜯겨 있는 상태.

별생각 없이 고개를 든 송준희 매니저는 그 자리에서 얼어붙었다.

"매니저님……?"

"아."

송준희 매니저가 창백하게 질린 얼굴로 말을 더듬었다.

겉으로는 애써 멀쩡한 척해도, 이미 머릿속의 경종은 빠르게 울리고 있었다.

'거기 길은 별로 안 복잡하니까. 올라가서……'

분명 조승현 실장이 뭐라고 말을 하긴 했었는데.

머릿속이 새하얘지기 시작했다.

송준희 매니저는 주머니에서 다급히 휴대전화를 꺼냈다.

뚜르르—.

"실… 실장님?"

안 받는다.

점점 창백해지는 송준희 매니저의 얼굴.

상준은 고개를 돌려 그의 눈치를 살폈다.

"하, 안 받으시네."

더 캄캄해지기 전에 올라가긴 해야 하는 상황.

송준희 매니저는 초조한 얼굴로 발을 굴렀다.

사실 조승현 실장의 기준엔 복잡하지 않은 길일지 몰라도, 그에겐 아니었다.

"길… 길이 말이야……."

송준희 매니저는 사실 길치였다.

그의 동공이 빠르게 흔들리기 시작하자, 도영이 놀란 눈으로 그의 눈치를 살폈다.

첫인상은 딱딱하니 각이 잡힌 성격인줄 알았는데, 이렇게 허접한 구석이 있을 줄이야.

"설마. 어디로 가야 하는지… 모르세요?"

"솔직히 말해서. 그런 상태긴 해."

"맙소사."

사실 내비게이션의 도움으로 길을 찾는 건 둘째 쳐도.

이런 꼬불꼬불한 산길에서 도보로 길을 찾으라니.

송준희 매니저는 멍한 눈빛으로 고개를 끄덕였다.

"오, 망했네?"

유찬이 두 눈을 끔뻑이며 담담하게 말을 뱉었다.

"잠깐만."

상준은 유심히 두 갈래의 길을 살폈다.

왼쪽은 평탄하게 펼쳐진 길, 오른쪽은 계속되는 계단. 이 중에 하나는 민박집으로 향하는 길이긴 할 텐데.

앞이 깜깜한 데다가 한참을 더 가야 하니, 어디가 맞는 길인지 알 수가 없다.

"확률이 반반인데. 절반 나눠서 갈까?"

"너 혼자 가!"

"야, 너네 왜 또 싸워."

급기야 무리수를 던지는 도영과 달려드는 유찬을 제지하고는, 상준은 가만히 제자리에 멈춰 섰다.

길을 찾아주는 재능이라도 있으면 좋겠다만.

리스트에 있지를 않으니 지금 당장 대여할 수가 없다.

그렇다면.

'예리함. 그리고 감이 필요한데.'

그런 효과를 주는 재능이라면 하나 있다.

상준은 두 눈을 반짝이며 작곡 재능을 반납했다.

[4,028번째 재능 '위대한 교육자'를 대출하시겠습니까?]

원래 이러라고 있는 재능은 아니지만.

재능을 대여함과 동시에, 상준은 느껴지는 변화를 직감했다.

온 감각으로 느껴지는 예리함.

"흐음."

상준은 뜯긴 표지판을 유심히 살피기 시작했다.

흐릿해진 글씨 탓에 제대로 보이진 않았지만.

예리해진 감각은 사소한 힌트조차 효과적으로 감지하게 했다.

상준은 신중한 목소리로 말을 뱉었다.

"오른쪽."

"진짜?"

"아마 맞을 거야."

어딘가를 향하고 있는 화살표.

흐릿한 글자 탓에 목적지가 보이지는 않지만.

'민박집 외에 다른 관광 명소가 있을 법한 곳은 아니지.'

고로, 뜯긴 방향을 짜 맞춰놓으면 오른쪽이 맞다.

"가자, 어서."

상준은 자신감 넘치는 얼굴로 발걸음을 뗐다.

"와. 어떻게 알았어?"

"대박인데."

"감이지."

도영은 감탄과 함께 짐을 다시 들었다.

단순히 감일 뿐이라는 상준의 말임에도, 굳이 태클을 거는 멤버는 한 명도 없었다.

'저 형이라면······.'

모로 가도 제대로 된 곳에 도착할 거라는 믿음.

이미 상준에게 신뢰가 쌓여 있는 상태였기에, 유찬은 웃으며 뒤를 따라나섰다.

그렇게 몇 분을 헐떡이며 올라갔을까.

"와아, 저기 불빛 보이는데?"

"크으, 이걸 찾네. 감 미쳤다."

"도착! 도착했어요!"

호들갑을 떠는 도영의 손끝에.

민박집 한 채가 우두커니 서 있었다.

*   *   *

"아악, 진짜 겁나 힘들어!"

털썩.

짐을 내려놓자마자, 사방에서 곡소리가 이어졌다.

이 밤이 될 때까지 줄곧 여기로 달려왔으니 배도 출출한 상태다.

축 늘어져 바닥과 한 몸이 된 멤버들과는 달리, 맏형 라인은 열심히 짐을 정리하고 있었다.

"다들 배고프지?"

"예스. 죽을 거 같아."

도영이 울상이 된 표정으로 고개를 끄덕였다.

상준은 비장한 얼굴로 짐을 뒤적였다.

"그러면, 내가."

이때를 위해 준비했다.

요리 재능.

'지난번에 점심이라도 해준다고 했는데.'

삘이 꽂히는 바람에 작곡을 저녁까지 쉴 틈 없이 하다 보니, 그날도 약속을 지키지 못했다.

상준은 옷소매를 걷어 올리며 말을 뱉었다.

"오늘은 내가 요리할게."

"워후! 진짜?"

"내가 정말 궁금했는데."

유찬이 호기심 가득한 눈길로 상준의 거동을 살폈다.

워낙에 모든 걸 다 잘하는 상준이다 보니, 요리를 잘한다는 말도 자연히 신뢰가 갔다.

집밥을 먹은 지 한참이 지난 멤버들이니, 손맛이 그리웠던 순간이 한두 번이 아니었다.

"우리 삼겹살 사 왔지?"

"어, 그거 아마 박스에⋯⋯."

상준의 한마디에 짐을 뒤적이던 선우의 얼굴이 굳어졌다.

"잠깐만."

"왜 그래?"

각종 먹을거리에 생필품을 챙기느라 총 다섯 박스가 나왔던 짐.

그런데, 바닥 위에 널브러진 박스는 네 개에 불과했다.

"하나를⋯ 두고 왔어."

그중에서도 먹을거리를 쟁여둔 박스.

삼겹살부터 밤에 먹을 야식까지.

잠시나마 다이어트의 굴레에서 벗어나 두근거리는 마음으로 가득 채워 담은 박스인데.

하필 놓고 와도 그걸 놓고 오다니.

"헐."

제현은 물고 있던 막대 사탕을 바닥에 떨궜다.

선우의 눈치를 한 번 살피고는 다시 사탕을 입에 무는 제현.

평상시였으면 길길이 뛰었을 선우지만, 그는 이미 넋이 나가 있었다.

도영이 호들갑을 떨며 짐을 뒤적였다.

"아, 삼겹살을 두고 오면 어떡해!"

거기에 더해지는 제현의 기막힌 아이디어.

"그냥 여기서 돼지 잡을까?"

"뭔 헛소리를 하는 거야, 쟨."

혀를 차는 유찬에도 제현은 반짝이는 눈으로 말을 덧붙였다.

진지하게 저 계획이 먹힐 거라고 생각하는 모양이었다.

캄캄한 산 중턱, 올 때도 열심히 둘러보면서 올라왔지만.

"여기 뭔가 멧돼지가 많이 다닐 거 같잖아."

"아서라, 네가 먹힌다."

"허얼. 잔인해……."

유찬의 돌직구에 제현은 시무룩한 표정이 되었다.

완전히 패닉에 빠져 있는 멤버들과는 달리, 상준은 침착한 얼굴로 짐을 뒤졌다.

어차피 날아가 버린 삼겹살은 어쩔 수 없고.

"파, 김치, 계란……."

거기다가 즉석밥까지 남아 있으니.

요리를 못 할 이유는 없다.

다만, 재료가 너무 조금밖에 없다는 것.

"뭘 해줘야 하지……."

「열정 가득 요리 천재」.

불타오르던 상준의 눈빛이 반쯤 열린 박스로 향했다.

박스 한 가득 들어 있는 건 라면 봉지.

한국인의 가장 베이스적인 요리.

"라면."

"라면 하게?"

사실 간단하게 끓이기만 하면 다인데.

상준의 요리 실력을 보고 싶었던 유찬은 못내 아쉬움을 보였다.

"라면 좋지, 무난하고."

"기대해 봐. 형, 요리 잘해."

은근히 처져 있는 유찬의 목소리에 상준이 자신만 믿으라며
덧붙였다.

늘 신뢰감으로 가득 차 있는 그지만, 이번만큼은 웃음을 흘릴
수밖에 없었다.

"에이. 라면이 라면이지."

"꼭 그런 것만은 아냐."

"뭐?"

상준은 열정적인 눈빛으로 라면 봉지를 뜯어냈다.

투욱.

라면 여섯 개를 차례로 부엌 테이블에 올려놓은 상준은, 자신
감 넘치는 눈길로 말을 뱉었다.

"두고 봐."

인생 라면을 만들어줄 테니까.

*   *   *

쪼르르.

상준은 텅 빈 냄비에 신중하게 물을 쏟아부었다.

사실 라면의 맛을 좌우하는 데엔, 이 물의 양도 중요하다.

특히 라면의 양이 6인분일 때는 더하다.

'정확해.'

「열정적인 요리 천재」.

그럴싸한 감으로 완벽한 중량을 맞추게 한다.

상준은 적정선에 맞춰진 물 위에 과감하게 라면 스프를 털어넣었다.

라면이 다 거기서 거기라.

상준은 오늘 그 편견을 깰 생각이었다.

"후우."

사실 상준의 재능보다도 뛰어난 효과를 가지고 있는 건 바로이 라면 스프다.

어떤 음식에 넣어도 군침이 돌게 하는 마법의 가루.

그건 인정하지만.

'조미료 맛이지.'

인스턴트 음식 특유의 맛까지 사라지게 할 수는 없다.

그렇기에 그 위에 상준의 손길이 더해지는 법.

"뭐야."

구경 삼아 부엌에 들른 유찬의 눈이 이내 놀라움으로 가득 찼다.

사실 대충 끓여만 놓으면 되는 라면인데, 저 현란한 손길은 뭐란 말인가.

타다닥.

도마 위에서 파를 썰어낸 상준이, 라면에 파를 쏟아부었다.

밥과 함께 먹으려고 준비해 온 김치의 일부도 털어 넣은 뒤, 상준은 과감하게 계란을 준비했다.

라면이 익기 전에 이미 준비를 마친, 빛과 같은 속도.

"진짜……. 저 형의 정체는 뭘까?"

"내 말이."

아까까지만 해도 널브러져 있던 도영 역시 맛있는 냄새에 홀리듯 상준의 뒤에 섰다.

분명 평범해 보이는 라면인데, 멀리서부터 군침이 돈다.

툭.

계란을 떨군 상준은 잠시 대기했다.

곧바로 계란을 풀면 비린내가 나기 십상이니까.

서서히 익어가려는 계란을 보곤, 적절한 타이밍에 풀어주는 상준.

레시피를 보지 않아도 손에 익은 것처럼 절로 움직이는 몸.

"와."

뭔가에 홀린 듯이 라면을 끓였지만, 본인이 생각해도 놀라운 실력이었다.

상준은 숟가락을 꺼내 라면 국물을 조심스레 떴다.

후루룩.

"크으."

국물을 한 숟갈 맛본 상준은 감탄을 뱉어냈다.

시원하고도 매콤한 국물. 거기에 적절한 간까지.

완벽한 조화다.

"다 됐어?"

도영이 불쑥 튀어나와 눈을 굴렸다.

뒤에서 줄곧 기다리는데 침이 고여 죽을 지경이다.

근사한 비주얼의 라면을 어서 한 입 먹어보고 싶어졌다.

"자, 다들 식사합시다!"

동생을 위해 라면을 몇 번 끓여준 적은 있었다만, 이렇게 남에게 내주는 건 처음이다.

상준은 흐뭇한 미소로 뜨거운 냄비를 움켜쥐었다.

"와, 진짜 맛있겠다."

"워후, 다들 모여주세요!"

상준의 한마디에 쪼르르 몰려드는 멤버들.

저마다 정신없이 라면을 퍼 나르기 시작했다.

그리고.

"헐."

요리 재능은 손만 빨라지게 한 게 아니라 라면에 감칠맛도 더해주었다.

"와, 이거 죽이는데요?"

후루룩.

그릇에 덜어 라면을 삼킨 도영은 감탄과 함께 말을 뱉었다.

적절하게 익힌 덕에 꼬들꼬들한 면발.

게다가 적당하게 배어 있는 국물 덕분에, 절로 감탄이 나올 수밖에 없는 맛이다.

"그러게. 아니, 이렇게 요리를 잘했어?"

송준희 매니저 역시 말을 더했다.

상준을 본 지 얼마 안 된 그였지만, 새삼 상준의 재능을 실감하고 있었다.

하지만, 요리를 잘하는 건 별개의 영역이다.

'요리까지 이 정도로 잘할 줄이야.'

놀라울 정도로 맛있는 맛이다.

그야말로 인생 라면.

국물을 들이켠 송준희 매니저의 입에서 자연스레 탄성이 튀어나왔다.

"와."

그의 인생에서 이토록 맛있는 라면을 먹어본 적이 없었다.

조미료의 향이 나긴커녕, 라면 국물에 들어간 파 덕에 끝까지 얼큰하고 시원한 맛.

게다가 중간중간 씹히는 김치의 식감마저 일품이다.

송준희 매니저는 거듭 감탄하며 상준에게 말을 뱉었다.

"이야, 이 정도면 나중에 요리 예능 나가도 되겠는데?"

"요리 예능이요?"

송준희 매니저의 한마디에 상준이 고개를 돌렸다.

요리 예능이라니.

각종 예능의 섭외가 들어왔던 상준이지만 요리 예능은 경험이 없다.

「열정 가득 요리 천재」.

"아."

이 재능을 이렇게도 사용할 수 있구나.

송준희 매니저의 한마디에, 상준의 얼굴에 화색이 돌았다.

예전과는 달리 만드는 음식마다 감칠맛이 돌게 하는 재능.

거기에 시청자들이 친근하게 다가갈 수 있는 예능의 이미지까지 더해지면 어떨까.

"좋네요."

문득 그런 생각이 상준의 머릿속에 스쳤던 터라, 상준은 웃으며 고개를 끄덕였다.

"형이면 잘할 것 같아."

후루룩.

라면 한 젓가락을 한입에 흡입한 제현이 말을 뱉었다.

사실 데뷔 리얼리티다 보니, 아까 상준이 요리하던 장면 역시 부엌에 있는 카메라에 그대로 담긴 뒤였다.

빛과 같은 완벽한 속도. 분명 그 영상이 리얼리티로 나가게 된다면, 반응이야 보지 않아도 그려졌다.

"형, 진짜 요리하는 거 나가면 사람들 다 난리 나겠다."

"맞아. 내 생각에도 괜찮을 거 같은데."

도영이 거드는 한마디에, 송준희 매니저는 고개를 끄덕이며 김치를 베어 물었다.

라면과 어울리는 아삭아삭한 식감과 적절한 매콤함이 입안을 휘감아 돌았다.

기분이 좋아진 송준희 매니저가 적극적으로 말을 뱉었다.

"그러면 내가 실장님께 한번 말씀드려 볼게."

"오, 저도 요리 잘하는데. 껴주시면 안돼요?"

해맑게 달려드는 도영.

곧바로 유찬이 타박을 던진다.

"야, 넌 라면은 끓일 줄 알아?"

"뭐래. 너보단 잘해."

언제나 투닥거리는 둘.

상준은 웃음을 터뜨리며, 칼칼한 라면 국물을 삼켰다.

소소하게 체화하려고 빌린 재능인데.

'제법 나쁘지 않은데?'

자신이 만든 음식을 누군가 맛있게 먹어준다는 게.

얼마나 뿌듯한 일인지 새삼 체감하며, 상준은 흐뭇한 미소를 지었다.

*　　　　　*　　　　　*

깊은 밤.

종일 달려온 데다가 게임까지 했으니.

멤버들은 곧바로 녹초가 되어 잠들었다.

"으어어……."

벽에 달려 있는 카메라가 신경 쓰인다며, 잠을 못 잘 것 같다던 도영은 괴상한 소리까지 내며 깊은 잠에 빠져들어 있었다.

"꾸엑."

"아, 차도영. 진짜."

평상시에 숙소에서도 이따금 저렇게 잠꼬대를 한다.

유찬이 이불을 머리맡까지 뒤집어쓴 채 성질을 냈다.

상준은 그런 유찬을 피식 웃으며 돌아보다 이내 잠이 들었다.

그런데.

분명 그랬는데…….

띠리링.

"어……?"

분명 방금 눈을 붙인 것 같은데 시간이 사라지는 매직.

깊은잠에 빠져 있던 그들 위로 익숙한 멜로디가 울려 퍼졌다.

'이건……'

아침을 깨우는 소리 잠에서 일어나
너로 인해 시작하는 하루

그들의 첫 데뷔곡, 모닝콜이다.

상준은 반사적으로 자리에서 벌떡 일어났다.

"아……?"

부드러운 기타 선율.

상준은 미소를 지으며 고개를 까닥였다.

'내가 만들었지만 참 좋네.'

하지만, 좋은 건 좋은 거고.

잠이 깨는 건 별개다.

자꾸만 무겁게 내려앉는 눈꺼풀을 간신히 들어 올린 채, 상준은 노래를 흥얼거렸다.

드디어 나오는 이 노래의 하이라이트.

속삭이듯 읊조리는 파트.

이 파트를 부를 때 얼마나 소름이 돋았…….

"전화받아."

"아악! 아아악!"

갑자기 들려오는 말소리에, 상준이 기겁하며 치를 떨었다.

훅 들어온 도영의 장난.

아무리 그래도 귀에 대고 속삭이다니.

"후, 잠 깨우기 성공."

도영이 장난스러운 표정으로 브이를 하고는 도망간다.

상준은 떨리는 손으로 주먹을 움켜쥔 채 악 소리를 질렀다.

"야! 차도영!"

덕분에 잠은 완전히 깼다.

"와. 잠이 확 깨네."

소름이 돋는 것은 덤이다.

상준은 떨떠름한 표정을 지으며 마당으로 나왔다.

어젯밤에는 미처 보지 못했지만, 잔디가 예쁘게 펼쳐진 마당.

상준은 스트레칭을 하며 주변을 둘러보았다.

"으음."

몽롱한 표정으로 가만히 서 있는 제현. 도영이 장난을 건 모양인지 한바탕 열을 올리고 있는 유찬.

부스스해진 머리를 헝클어뜨리고 있는 선우까지.

멤버들은 다 그대로 있는데.

"매니저님은?"

"어, 그러게?"

상준의 지적에 선우는 놀란 눈이 되었다.

분명 어젯밤에는 함께 있었는데, 감쪽같이 사라져 버린 뒤다.

이 근처에 관광 명소도 없는 데다가, 차까지의 거리도 멀다 보니 딱히 갈 만한 곳이 따로 없었다.

선우 역시 고개를 갸우뚱한 채 의아한 낯빛이 되었다.

"진짜 어디 가셨지?"

"야, 도영아. 매니저님 어디 가셨대?"

"어?"

그나마 이 중에서 정보통인 도영도 영문을 모르겠다는 표정이다.

뭐 다 큰 어른이니 여기서 길을 잃진 않았겠지만…….

"아?"

'길을 잃었나?'

어제의 모습을 봤을 때는 충분히 합리적인 의심이다.

상준은 불안함에 황급히 문자를 보냈다.

혹여 구해달라는 모스부호 문자라도 돌아올까 걱정했지만.

[거실 바닥.]

"거실 바닥?"

"엥? 매니저님이 그렇게 보내셨어?"

"어. 다짜고짜 거실 바닥이라는데."

송준희 매니저에게 온 문자는 딸랑 한 단어였다.

상준은 인상을 찌푸리며 벌컥 문을 열어젖혔다.

거실 바닥.

"있네."

송준희 매니저의 말대로, 거실 바닥에 납작한 종이 한 장이 놓여 있었다.

도영이 혀를 차며 종이를 집었다.

"아, 진짜 이건 또 뭐야."

평상시였으면 투덜댔을 도영이지만.

슬쩍 카메라를 확인한 후, 갑자기 텐션이 올라간다.

"워후, 이건 또 뭐지? 너어— 무 궁금하잖아?"

"야… 차라리 아무 말도 하지 마. 티 나."

"크흠."

이번만큼은 유찬의 지적이 정확했다.

도영은 콧노래를 흥얼거리며 종이를 확인했다.

뒤늦게 따라 들어온 선우도 마찬가지.

종이 앞에 모여든 멤버들은, 짧은 글귀를 확인하고는 인상을 찌푸렸다.

"이게 뭐야."

[아름다운 자연 경관을 자랑하는 칠복산입니다. 이곳에서 여러분의 첫 번째 뮤직비디오 씬을 촬영하시오.]

"뭐?"

"난 이 산 이름도 이제 알았네."

다른 것도 아니고, 뮤직비디오의 한 장면을 우리 손으로 촬영하라니.

전부 촬영하라는 게 아님을 감사하게 생각해야 하나.

"우리가? 이걸?"

신박한 미션 앞에서 상준은 입을 떡 벌렸다.

이 괴상한 아이디어를 떠올려 낼 사람이라고는 한 사람밖에 없었다.

'오. 요즘 예능들이 재밌는 게 많네.'

실장실에 갈 때마다 예능프로그램을 분석한답시고 매달려 있던 조 실장.

어쩐지 갑자기 웬 예능을 저리도 찾아보나 했더니만.

'이거 때문이었어?'

분명 뭔가를 봐도 대단히 잘못 봤다.

상준은 해탈한 미소를 지으며 혀를 내둘렀다.

도영이 감탄을 뱉어내며 허공에 엄지손가락을 치켜세웠다.

"역시 실장님."

정성스러운 빈말에서 흘러나온 말이라는 것쯤이야 모두가 알고 있었지만.

이렇게 된 이상 어쩔 수가 없었다.

제대로 한번 만들어보는 수밖에.

"시작하자."

"정말 여기서 찍는다고?"

상준의 한마디에 도영이 곧바로 난색을 표했다.

물론 푸르른 녹음이 퍽 아름다운 산이긴 했지만.

제대로 된 전문가도 없는 상황에서 어설프게 영상을 찍었다가는, 안 찍느니만 못한 결과물이 나올지도 모른다.

"할 수 있을 것 같은데."

하지만, 괜한 자신감이 차오르고 있었다.

쓰윽.

주변을 훑어본 상준은 자연의 경관을 빠짐없이 눈에 담았다.

'드라마 인 드라마'.

드라마를 촬영하는 건 제현의 몫이긴 했으나, 그 예능을 촬영하면서 느낀 점이 대강 있었다.

근사한 그림을 뽑아내기 위해서 어떻게 해야 하는지.

생각을 정리한 상준이 조심스레 말을 뱉었다.

"한 명씩 나오는 씬부터 찍으면 좋을 것 같은데."

카메라는 방 안 곳곳에 설치되어 있었다.

"제현이가 하나 떼 오고."

"오케이."

카메라를 그나마 능숙하게 다루는 제현이, 카메라 한 대를 집어 들고 왔다.

마당 정중앙에 카메라를 설치한 제현은 됐다는 듯이 고개를 끄덕였다.

"끝났어."

"아니, 이걸 진짜 하려고? 여기서?"

"으음."

상준은 턱을 쓸어내리며 잠시 고민했다.

배경으로 푸르른 녹음이 들어오는 마당의 측면.

그림으로 만들어내기엔 부족함이 없는 이곳이지만, 대강 촬영만 해서는 안 될 터.

'컨셉.'

뮤직비디오에서 무엇보다 중요한 건 바로 컨셉이다.

머릿속에 그려지는 이미지.

이 이미지대로라면.

"한번 시작해 보자고."

*　　　　*　　　　*

'위대한 교육자는 굳이 지금 필요 없으니.'

「기적의 포토그래퍼」.

셀카 한번 찍겠답시고 대여했던 재능은 여기에도 도움이 됐다.

상준은 예리한 눈길로 이미지를 그리고는 멤버들을 불러 모았다.

"너네, 탑보이즈 하면 뭐가 떠올라?"

"탑보이즈?"

확실한 컨셉.

그거 하나만 잡아도 반은 간다.

탑보이즈만의 뮤직비디오.

어디서든 볼 법한 흔한 뮤직비디오가 아니라, 그들만의 색을 담아낸 뮤직비디오가 되어야 했다.

'쓸 만하면 쓰고, 아니면 버릴 거야.'

상준은 조승현 실장의 속마음을 알아챘다.

말은 저렇게 했지만, 기대 이하의 영상을 뮤직비디오에 실을 사람은 아니다.

어떻게 만들어지냐에 따라, 편집 팀의 기술이 더해져 살릴 수도 있고, 그냥 자를 수도 있다.

'모닝콜도 그랬으니까.'

완벽한 퀄리티로만 만들어 온다면, 조승현 실장은 전폭적인

지지를 해줄 터였다.

기회가 주어진다면, 반드시 잡아챈다.

상준은 최선을 다해 뮤직비디오를 만들어보고 싶었다.

"탑보이즈하면……. 딱 떠오르는 거 하나 있지."

"오."

"상큼?"

저놈의 상큼함.

도영은 뻔뻔한 얼굴로 퍽도 무서운 말을 내뱉었다.

싸늘한 멤버들의 반응에, 도영이 머쓱한 표정으로 덧붙였다.

"청량함?"

"흐음. 확실히 그런 느낌이긴 하지."

모닝콜도 그렇다.

팬들을 설레게 할 명랑하고 밝은 분위기.

그것이 바로 '모닝콜'이 담아내고 있는 매력이었다.

그렇다면.

"이건 어때?"

잠시 고민하던 상준이 입을 열었다.

아까 떠올랐던 머릿속의 이미지.

"지금 우리의 모습 그대로 담아내는 거야. 여행 온 설렘을 말야."

"여행?"

이 여행을 즐기는 모습.

모처럼 만의 휴가에 멤버들 모두 완전히 들떠 있었다.

과하다 싶을 정도로 넘쳐흐르는 에너지야말로, 진정한 탑보이즈가 아닐까.

멋있는 분위기.

파워풀한 매력을 살려내려는 수많은 뮤직비디오가 있지만.

'그건 탑보이즈의 색과 달라.'

이 바람직한 휴가에서 상준이 느낀 점은 그랬다.

오히려 인위적인 장면보다는 자연스러운 매력이 훨씬 어울린다.

이 모습을 고스란히 영상에 담아낼 수 있다면.

"소소하지만 가치 있는 설렘."

"아."

"우리 노래도 그렇잖아."

모닝콜은 결코 거창한 게 아니다.

비록 하루를 시작하는 짧은 시간이지만.

서로를 위해 준비한 조금의 시간.

그 시간의 소중함을 담고 있는 노래.

"이 소소한 행복을 그대로 너에게 전해주고 싶어, 그런 컨셉인 거지."

"아하."

겉으로 보기에 대단한 일은 아니지만.

여행에서 느껴지는 소소한 행복을 그대로 담아내어, 너에게 전해주고 싶다는 생각.

그 작은 바람을 담아 수화기 너머로 부르는 노래.

대강의 컨셉을 정리한 상준이 물음을 던졌다.

"이런 식의 컨셉 어떤 거 같아?"

"좋은데?"

직접 작곡을 한 당사자이기에, 누구보다 완벽할 수밖에 없는 해석.

상준의 설명을 들은 멤버들은 일제히 고개를 끄덕였다.

"자, 그럼 이걸로 가자."

생각을 마친 멤버들의 움직임이 분주해졌다.

"모닝콜의 첫 번째 가사가⋯⋯."

"이거 도영이 파트지?"

"야, 차도영!"

부드럽게 시작하는 기타 소리.

행복한 표정으로 눈을 뜨는 장면.

"여기서 도영이 누웠다가 일어나면 될 것 같은데?"

"오케이. 내가 일단 누워볼게."

완벽하게 마련해 둔 카메라 각도.

상준의 예리한 손길이 도영의 얼굴을 정확히 잡아냈다.

카메라를 많이 만져본 적은 없지만, 침착한 손길.

가만히 지켜보고 있던 제현이 거들었다.

"구도 괜찮은데?"

"이야, 그러네."

장난스러운 눈길은 어디로 가고, 촬영을 시작하자마자 차분해지는 도영.

아침을 깨우는 소리 잠에서 일어나

마루 위로 들어오는 햇살.

따뜻한 아침 햇살에 조심스레 눈을 뜬 도영이 부드럽게 웃는다.

한 치의 오차도 없는 완벽한 장면.

"컷, 오케이!"

상준은 '드라마 인 드라마'를 촬영할 때 강주원이 늘 꺼내던 멘트를 자연스레 내뱉었다.

"크으, 감독님."

뮤직비디오 역시 한 편의 드라마와 다를 게 없다.

곧바로 원래의 해맑은 얼굴로 돌아온 도영이 폴짝폴짝 뛰며 고개를 들이밀었다.

"어때, 어때?"

"오호."

바로 촬영된 영상을 모니터링하는 상준.

"야, 진짜 괜찮아."

허술한 장비로 촬영했다는 게 믿기지 않는 군더더기 없는 장면.

이 정도면 정말 뮤직비디오에 들어간다 해도 놀랍지 않은 수준이다.

오른편에서 들어오는 자연광, 마루 위로 지고 있는 그림자.

모든 요소를 예리하게 파악한 상준의 구도 덕분이었다.

"형은 진지하게 감독님 해라, 나중에."

도영이 우스갯소리로 덧붙이는 말에, 상준은 기분 좋게 웃었다.

이 다음 씬은 유찬의 파트.

상준은 잠시 고민하더니 말을 뱉었다.

"우리 짐 챙길 때, 놀 것도 좀 가져왔었나."

"어, 챙겼었지. 근데 그건 왜?"

"유찬이 네가 좋아하는 것도 챙겼지?"

상준의 물음에 유찬이 축구공 하나를 들고 나왔다.

"어딜 가는지 몰라서 챙기긴 했는데……."

최대한 자연스러운 장면을 담아낼 방법.

상준은 축구공을 가리키며 의견을 냈다.

"이거 한번 차봐."

"아, 여기서?"

"나쁘지 않을 거 같아서."

그사이, 상준은 또다시 완벽하게 카메라를 세팅했다.

햇살이 들어오는 적당한 각도.

아까와는 세팅만 바꿨을 뿐인데, 후광이라도 비치는 것처럼 뒤가 환하다.

물론 조명판의 덕도 있지만.

"아이고. 그래도 이걸 남겨두고 가셨네."

끙끙대며 조명판을 설치한 도영이 물었다.

"여기?"

"조금만 오른쪽으로."

"오케이."

아마추어라고는 믿기지 않는 예리한 눈빛.

도영은 거듭 감탄하며 조명판을 옮겼다.

확실히 아까보다는 색감이 한결 밝아진 느낌.

"그림 잘 나올 거 같은데?"

웹드라마 촬영 경험이 있는 선우도 흡족한 얼굴로 말을 뱉었다.

활기차고 역동적인 에너지를 그대로 담는 씬.

즐거워 보이는 유찬의 얼굴 표정이 그대로 클로즈업되고.

"자, 간다!"

유찬은 함성과 함께 축구공을 그대로 걷어찼다.

그리고.

"허얼······?"

너무 에너지가 넘쳤던 탓일까.

담장을 넘어 하늘로 날아가는 축구공.

축구공을 올려다보던 유찬의 눈빛에 잠깐의 후회가 스쳤지만.

"컷! 오케이!"

다행히 그 전에 촬영이 끝났다.

오케이 소리가 나자마자 난리를 치는 유찬.

"내 축구공··· 내 축구공!"

"이야, 유찬이 축구공 잘 차네."

"헐. 진짜 망했는데?"

유찬의 불행이 자신의 행복이라며, 도영은 신이 난 기색이었지만.

담장 너머를 내려다본 유찬은 그대로 질겁했다.

담장 밑으로는 비탈길이 있으니, 이미 유찬의 축구공은 저 아래로 굴러가 버린 뒤다.

"아아아악!"

절규하는 유찬의 안타까운 뒷모습을 메이킹필름에 담으며.

상준은 다음 촬영에 들어갔다.

＊　　　　＊　　　　＊

상준이 애초에 구상했던 장면은 두 장면이었다.

각 멤버별 짧은 파트 하나씩, 그리고 단체 씬.

"개인 씬 촬영은 다 끝났고."

"이야, 다들 진짜 수고했네."

단체 씬으로는 밤에 음식을 만들어 먹으며 캠핑을 즐기는 장면이면 어떨까.

애당초 구상했던 이미지는 그랬다.

'괜찮은 계획이긴 한데.'

뭔가 하나가 부족하다.

상준은 그 생각을 지울 수가 없었다.

"근데 그 부족한 게 뭔지 모르겠어."

"으음."

상준의 말을 듣고 고민하던 도영이 입을 열었다.

"아, 알았다! 나 뭔지 알 것 같아."

"뭐?"

"우리 안무 장면."

아.

도영의 한마디에 상준이 손뼉을 치며 일어났다.

"이야, 차도영 천재. 이걸 떠올린다고?"

"내가 좀 의외의 면이 있지. 후후."

띄워주니까 곧바로 호들갑을 떠는 도영이다.

하지만, 이번만큼은 도영의 도움이 컸다.

'가장 중요한 걸 빼먹을 뻔했네.'

뮤직비디오에서 있어서 필수나 다름없는 안무 장면.

적어도 하이라이트 파트에서만큼은 안무가 들어가야 했다.

"실장님은 그걸 스튜디오에서 따로 찍을 생각이셨겠지만."

그건 애당초 이 정도 퀄리티의 뮤직비디오를 찍어 올 거라고는 예상 못 한 탓일 터였다.

"우리는 이걸 넣을 거잖아."

"그렇지. 얼마나 힘들게 찍었는데."

보통 뮤직비디오는 한 장소에서만 촬영하지 않는다.

그렇기에 상준이 계산한 장면도 총 뮤직비디오의 3분의 1 정도.

하지만, 바꿔 말하면 이렇게 된다.

"여기서 안무 장면이 없으면 이걸 써먹기가 애매해."

"아, 그러네."

분명 장소는 중간중간 나오는데, 안무 장면이 하나도 나오지 않는다면.

반만 완성된 뮤직비디오나 다름이 없다.

고로, 이 장면들을 뮤직비디오에 끼워 넣기 위해서는……

"근데 우리 안무 모르잖아."

도영이 걱정스러운 표정으로 말문을 열었다.

안무 연습 전 마지막으로 떠난 휴가.

그렇기에 멤버들은 아직 안무를 숙지하지 못한 상태였다.

유찬이 고개를 들며 물었다.

"그래도 한번 보긴 했지?"

"그거 영상은 저장해 뒀어?"

선우의 물음에 단체로 고개를 저었다.

제대로 된 안무 연습 전에 한번 보기만 하라며 슬쩍 보여줬던 영상이기에, 그걸 제대로 숙지한 멤버가 있을 리 없었다.

그 순간.

상준이 조용히 손을 들었다.

"헐. 설마."

도영이 기겁하며 고개를 들자, 상준이 여유로운 미소를 지어 보였다.

잠깐 스쳐 가듯 본 영상이었지만, 그 와중에도 상준은 안무를 놓치지 않았다.

"나중에 어차피 배울 테니까. 이미 봐두긴 했는데."

"한 번 본 걸 외웠다고?"

도영은 믿을 수 없다는 표정이었다.

이내 놀라움은 자괴감으로 바뀌고, 도영은 머리를 감싸 쥐며 한숨을 뱉었다.

"형은 진짜 어디 가서 사람이라고 하지 마. 그거 인류한테 진짜 실례라니까."

"크흠."

상준은 헛기침을 하며 피식 웃었다.

아직 숙지하지 못해서 그렇지, 멤버들 모두 춤에 일가견이 있는 편이다.

하이라이트 파트 안무만 상준이 조금 알려준다면 뮤직비디오를 촬영하는 데엔 충분할 터.

선우가 열의 넘치는 눈빛으로 입을 열었다.

"그럼, 한번 해보자."

"오케이."

오랜 촬영 시간이 이어지다 보니 슬슬 지칠 수밖에 없었다.

어서 끝내고 쉬자는 마음가짐으로 모두들 자리에서 일어났다.

"어렵진 않더라고."

상준이 웃으며 입을 열었다.

'러브 포이즌'을 직전에 해서 그런지 이 정도는 충분히 할 만한 수준이라고 느껴질 정도다.

부드럽게 곡선처럼 이어지는 춤 동작.

절도 있는 안무보다는 오히려 춤 선을 강조한 안무.

"이 부분에서는 약간 안듯이? 그런 동작을 취해주면 되고."

"아, 이해했어."

"이다음 동작은."

자연스럽게 미끄러지는 동작.

상준은 그다음, 하이라이트로 들어갔다.

I wanna hear your voice
오늘도 하루를 기분 좋게 시작해

전화를 받는 듯한 동작이 주가 되는 안무.

귀에 박히는 상준의 설명에 멤버들은 곧바로 고개를 끄덕였다.

도영이 뿌듯한 얼굴로 입을 열었다.

"생각보다 괜찮은데?"

"어, 완전 할 만하네."

짧은 시간이지만 완벽히 안무를 숙지한 멤버들.

예상보다도 훨씬 수월하게 진행되는 촬영이다.

"바로 촬영 들어가도 되겠는데?"

"삘받은 김에 바로 가자."

들뜬 목소리로 멤버들이 말을 주고받는 사이.

끼이익.

굳게 닫혀 있던 나무 문을 열고서.

익숙한 얼굴이 그들의 눈에 들어왔다.

"매… 니저님?"

"헐. 어디 갔다가 지금 오신 거예요?"

"저희 버리고 간 줄 알았잖아요, 진짜."

송준희 매니저가 돌아왔다.

근사한 선물을 하나 안고서.

＊　　　　＊　　　　＊

분명 매니저를 향해야 하는 눈길이 일제히 그의 손으로 향한다.

도영은 놀란 눈을 굴리며 호들갑을 떨었다.

그의 양손 가득 묵직하게 들린 비닐봉지에는.

"헐. 삼겹살이에요? 와, 삼겹살이다!"

"내려가는 김에 사 왔지."

숙소에 삼겹살을 두고 오는 바람에, 줄곧 처져 있던 멤버들이 안타까웠던 터라.

송준희 매니저는 겸사겸사 삼겹살을 사 들고 왔다.

"와, 제가 준비해 둘게요!"

마당에 바비큐를 하기 위한 공간도 마련되어 있으니, 선우는 능숙하게 마당으로 달려갔다.

우당탕탕.

현란한 준비를 마치고, 모두들 화로 앞에 자리했다.

"쓰읍."

겉으로만 쓰윽 봐도 군침이 도는 비주얼.

화로 앞에 모여든 멤버들이 열심히 침을 삼키는 동안, 송준희 매니저가 삼겹살 한 줄을 올렸다.

치이익.

군침이 도는 소리와 함께 익어가는 고기.

모두의 시선이 노릇노릇한 삼겹살에 향해 있었지만.

"야, 상준아. 뭐 해?"

오직 상준만이 쓸데없이 비장한 표정이었다.

"우리 촬영 하나 남았잖아."

상준의 계획한 마지막 촬영.

안무 촬영이야 내일 한다고 해도, 밤에 찍어야 할 단체 컷은 이 기회에 찍는 편이 좋다.

비록 야간 촬영은 훨씬 더 난이도가 높지만.

'여기는 별도 잘 보이니까.'

운치 있는 밤하늘을 배경으로 작품을 만들어보면 어떨까.

상준은 미소를 지으며 제현에게 넌지시 물었다.

"이쪽 배경 예쁘지 않아?"

"엉. 삼겹살이 너무 예쁘다……."

망할.

이미 제현의 시선은 익어가는 삼겹살에 완전히 꽂혀 있었다.

막대 사탕을 향한 집착 못지않은, 저 열정적인 눈빛.

"흐음."

상준은 포기하고 카메라로 시선을 돌렸다.

'이건 이쪽으로 하는 게 좋을 것 같은데.'

제법 능숙하게 카메라 각도를 조정하는 상준. 조금 손만 봐줘도 그림이 바뀌는 마법.

「기적의 포토그래퍼」.

'이래서 기적이라고 말하는 건가.'

완벽하게 설정된 구도를 확인한 상준이 미소를 지었다.

그사이, 고기를 다 구운 송준희 매니저가 접시 위에 고기를 올려놓았다.

"다들 식기 전에 빨리 먹어봐."

"와. 진짜 맛있다."

"매니저님, 진짜 잘 구워졌는데요?"

삼겹살 한 점을 집어 먹은 도영이 곧바로 감탄을 뱉어냈다.

"그러게."

한데 모여 삼겹살을 구워 먹는 모습.

가식도 꾸밈도 없는, 탑보이즈 본연의 모습을 가장 온전히 드러내는 장면이다.

'좋네.'

상준은 쉬지 않고 카메라에 멤버들을 담았다.

"상준아."

그렇게 촬영에 열중하던 순간.

열심히 고기를 굽고 있던 송준희 매니저가 손을 까딱였다.

"여기 와서 어서 먹어."

"갈게요."

급하게 카메라를 다시 세팅한 후, 자리에 앉는 상준.

노릇노릇하게 구워진 삼겹살이 상준의 눈에 들어온다.

일에 빠져 있어서 잠시 잊었지만, 줄곧 촬영을 했으니 배가 고프다.

"우와."

상준이 군침을 삼키며 말을 뱉었다.

"근데 매니저님, 이건 어디서 구해 오셨어요?"

"요 밑에서."

"와, 진짜 맛있다."

볼거리도 놀거리도 적은 산속의 조그마한 민박집.

그럼에도.

이렇게 모여 있는 것만으로 이야기보따리가 쉬지 않고 풀려 나온다.

"제가 그래서 그때 실장님 보고 엄청 놀랐잖아요. 완전 카리 스마 넘치는 이미지……."

도영은 처음 오디션을 보던 순간을 풀어놓으며 혀를 찼다.

"그땐 몰랐죠. 실장님이 이렇게 이상한 사람인지. 느닷없이 뮤직비 디오를 찍으라고… 매니저님, 조심하세요. 실장님이 정상은 아니……."

신이 난 모양인지 나불대는 도영.

상준은 대답 대신 카메라를 손으로 가리켰다.

"아?"

빨갛게 들어온 카메라의 불빛.

뮤직비디오의 몇 장면이라도 더 건져두려 세팅해 둔 상준의 카메라가, 본의 아니게 다른 효과를 불러왔다.

"아악, 형!"

도영이 절규하며 작게 속삭였다.

이를 반쯤 악문 채 뱉어내는 말에, 도영을 제외한 모두가 웃음을 터뜨렸다.

"하아, 카메라는 꺼놨어야지……!"

다급한 한마디.

도영은 헛기침을 하며 황급히 태세를 전환했다.

"하하. 여튼, 그때 실장님이 저를 뽑아주지 않으셨다면 지금의 차도영은 없겠죠?"

"그리고?"

"굉장히 감사하게 생각합니다, 실장님."

도영은 허공을 향해 은은한 미소를 지으며 고개를 숙였다.

그러거나 말거나.

상준은 피식 웃으며 삼겹살에 시선을 돌렸다.

"으음."

입안에 넣자마자 입안 가득히 퍼지는 기름의 맛. 닭 가슴살만 먹다가, 이런 기름을 맞이하니 감격이 차오를 지경이다.

"이야."

상준은 엄지손가락을 치켜올리며 말을 뱉었다.

"진짜 잘 구우시네. 이거 죽이네요."

"그러게요. 이렇게 고기는 잘 구워주시는 분이… 어쩌다가 마피아를."

아까까지 창백하게 질려 있던 얼굴은 어디로 가고, 금세 해맑은 모습으로 돌아온 도영.

깔깔대는 그의 한마디에 송준회 매니저의 얼굴이 붉어졌다.

"얘들아. 칭찬할 거면 하나만 하자."

"에이, 칭찬이죠."

"그리고 도영이는 할 말 없다. 네가 제일 헷갈리게 했어."

"헐. 이건 인정할 수 없습니다. 오늘도 한판 더 해요?"

2프로 부족한 도영과 헛다리를 잘 짚는 송준희 매니저.

상준은 박빙의 대결 앞에서 웃음을 흘렸다.

"아."

그렇게 식사 시간이 끝나갈 무렵.

도영이 두 눈을 동그랗게 뜬 채 입을 열었다.

"저희 불꽃놀이 해볼래요? 챙겨 왔는데."

"이야, 불꽃놀이도 챙겨 왔는데 삼겹살을 안 챙긴 거였어?"

"매니저님, 팩폭 하시면 못 써요."

상자에서 불꽃놀이 세트를 주섬주섬 챙겨 온 도영이 마당으로 나왔다.

은은한 별들이 머리 위를 비추는 밤하늘.

도영이 호들갑을 떨며 불꽃놀이 세트를 하나씩 손에 쥐여주었다.

"저희 형이 그랬는데요. 블랙빈 데뷔 직전에 여행 갔을 때, 이거 하나씩 들고 사진 찍었대요."

"아, 정말?"

"그랬더니 데뷔앨범 대박 났다고."

미신을 믿는 편은 아니었지만, 도영은 제법 진지한 표정으로 말을 늘어놓고 있었다.

송준희 매니저는 호탕하게 웃으며 고개를 끄덕였다.

고작 며칠 본 사이지만 이 녀석들이 친동생들처럼 친숙하다.

"그래. 한번 믿어보자."

"크으, 역시 매니저님. 제 말 한번 믿어보시라니까요."

타다닥.

도영이 손에 쥐여준 막대에서 노란 불꽃이 튀었다.

톡톡 튀며 타오르는 불꽃.

상준은 저도 모르게 말을 뱉었다.

"와, 진짜 예쁘다."

상준의 손끝에서 살아나는 불꽃.

캄캄한 밤하늘을 은은하게 밝히는 불꽃을 올려다보며, 상준은 생각했다.

처음에는 몰랐는데.

'잘한 선택이었어.'

다시 꿈을 잡을까 고민했던 순간.

상준의 머릿속에 수많은 생각이 스쳐 갔었지만.

한 가지는 확실했다.

후회하지 않는다.

"다들 모여. 어서!"

"자아, 카메라 세팅하고 갑니다아―!"

"하나, 둘, 셋!"

찰칵.

명랑한 셔터 소리와 함께, 그들이 써 내려갈 또 하나의 기록이 카메라 속에 담겼다.

*   *   *

JS 엔터의 사무실, 조승현 실장은 모니터를 살피며 턱을 쓸었다. 곧바로 이어지는 호탕한 웃음.

"허허."

화면에는 해맑게 나불대는 도영의 말실수가 펼쳐지고 있었다.

—그땐 몰랐죠. 실장님이 이렇게 이상한 사람인지. 느닷없이 뮤직비디오를 찍으라고……

"아니, 저걸 또 해맑게 말하고 앉아 있네."

도영은 진심으로 조 실장에게 그 얘기가 전해질까 두려운 눈치였지만, 정작 조승현 실장은 그 모습이 웃길 따름이다.

"크흐."

애들과 어색하게 앉아 있을 줄만 알았던 송준희 매니저는 신나게 마피아 게임을 하고 있고.

"재밌네."

경력이 경력이니만큼, 데뷔 리얼리티를 한두 번 본 조 실장이 아니다.

팬들을 불러 모으는 데 있어 중요한 떡밥이다 보니, 당장 블랙빈 때도 데뷔 리얼리티를 진행한 적 있던 JS 엔터였다.

그런데.

"그냥 붙여만 둬도 재밌네."

굳이 과도한 프로그램을 짜지 않아도, 탑보이즈 본연의 매력이 주는 재미가 있다.

"애들이 끼가 있다고 해야 하나."

조승현 실장은 자신의 안목에 감탄하며 흐뭇한 미소를 지었다.

그중에서도 단연 돋보이는 건 상준.

"어……?"

라면을 끓이는 상준의 모습이 화면에 비쳐지자.

조승현 실장은 놀란 눈으로 의자를 당겨 앉았다.

계란을 휘젓는 솜씨도 그렇고, 파를 써는 손놀림까지.

얼핏 봐도 장난이 아니다.

"요리도 잘하는데?"

얼핏 봐도 군침이 도는 비주얼의 라면.

후루룩. 라면을 넘기며 송준희 매니저가 꺼낸 제안에 조 실장도 동감했다.

'요리 예능이나 하나 알아봐야겠군.'

게다가, 반신반의로 시켰던 뮤직비디오 촬영.

모두들 발이 닳도록 뛰는 모습을 보니, 절로 미소가 지어진다.

"역시 다들 잘하네."

말은 그렇게 하긴 했으나, 사실 큰 기대를 하지는 않았다.

그저 그럴싸한 그림이라도 몇 개 건져 왔다면 쓸 생각이었을 뿐.

조승현 실장이 유심히 화면을 지켜보던 순간.

"어?"

똑똑.

누군가 실장실의 문을 두드렸다.

문을 열고 들어온 것은 송준희 매니저. 조 실장은 노트북을 덮으며 고개를 들었다.

"애들이 작업한 뮤직비디오 장면, 몇 개 들고 왔습니다. 촬영

본은 딱히 건드린 거 없고요. 편집 팀한테 살짝 맡겼습니다."

"오호, 그래?"

조승현 실장은 의자를 뒤로 젖히며 파일을 건네 받았다.

USB를 노트북에 꽂은 조승현 실장.

"자아, 어디 한번 볼까?"

열심히 촬영한 장면을 보고 나니, 자연히 그 결과물도 궁금해지게 마련이다.

많은 걸 기대하진 않아도, 어느덧 조승현 실장의 눈이 반짝였다.

"아, 이렇게 개인 샷을 하나씩 찍었구만… 어?"

햇살을 받으며 미소 짓는 도영, 축구공을 신나게 차는 유찬.

막대 사탕을 열심히 물고 있는 제현까지.

"영상미가… 좋은데?"

예상외다.

마치 프로가 찍은 것처럼 선명한 영상미.

게다가 구도를 완벽히 계산한 모양인지, 그림자가 진 곳도 없다.

"어……?"

거기다가 제대로 알려주지도 않은 단체 안무 장면까지 나오니.

"이걸 이렇게 찍었단 말야?"

조승현 실장의 입이 점점 벌어졌다.

"어떻습니까."

송준희 매니저가 미소를 지으며 입을 열었다.

아이들이 만들어 온 뮤직비디오를 한 번 봤던 그였다.

아직 경험이 부족한 그의 눈에도, 한 가지 사실만은 확실했다.

'이건 될 거다.'

"쓸 만한 부분이 많지 않습니까?"

"많은 게 문제가 아니라……."

조승현 실장은 믿을 수 없다는 표정으로 고개를 들었다.

"다 살려야지, 이걸."

쳐낼 게 뭐가 있다고.

한 치의 망설임도 없는 조승현 실장의 말에 송준희 매니저는 힘차게 고개를 끄덕였다.

"예, 그러면 그렇게 하는 걸로 해서 편집 팀한테 더 손보라고 할까요?"

"어, 어……."

대강 고개를 까닥이는 조 실장.

조승현 실장은 이미 반쯤 넋이 나가 있었다.

"세상에……."

거듭 그들이 촬영해 온 씬을 돌려보는 조승현 실장.

사실 그가 가장 놀란 이유는 따로 있었다.

"영상미에 안무 영상까지."

이걸 다 생각해 온 머리도 충분히 놀라웠지만.

"컨셉……."

뮤직비디오에서 가장 중요하다고 볼 수 있는 통일된 컨셉.

그것이 온전히 살아 있는 뮤직비디오다.

"소소하지만 일상적인 행복."

그 짧은 순간마저 빠짐없이 전하고 싶다는, 이 간결한 테마가 바로 조승현 실장이 생각했던 뮤직비디오의 테마였다.

'이걸 이렇게 준비해 오다니.'

조승현 실장은 거듭 감탄을 뱉으며 혀를 내둘렀다.

"이 정도의 퀄리티를 뽑아 왔다고?"

그리고.

이걸 가능하게 할 사람은, 한 사람밖에 없었다.

조승현 실장은 피식 웃음을 흘렸다.

"이 녀석, 또 일 쳤네."

제5장

쇼케이스

오늘도 쉴 틈 없는 연습실.

익숙한 멜로디가 울려 퍼진다.

상준은 거울을 보며 빠짐없이 동작을 체크했다.

잠시 삐끗한 제현이 구석으로 밀려난다.

"아."

"그쪽 동선이 아닌 것 같은데?"

하이라이트 파트는 뮤직비디오 촬영 당시 급하게 배운 상태였지만, 문제는 동선이었다.

템포가 빠른 편은 아니지만, 동선이 다소 헷갈리는 곡.

상준은 머릿속으로 동선을 체크하며 제현에게 일러주었다.

"네가 여기서 바로 일어난 다음에, 도영이 뒤로 가야 해."

"오케이."

그래도 오랫동안 연습을 해온 사이라 그런지, 별다른 충돌이 없다.

평상시엔 멍한 제현도 눈을 반짝이며 고개를 끄덕였다.

"그럼 이 파트만 다시 한번 해보자."

장장 4시간을 쉬지 않고 연습만 했다.

데뷔를 앞둔 연습이다 보니, 쉴 틈 없이 달려온 탓이었다.

도영이 붉어진 얼굴로 거친 숨을 내쉬었다.

"잠깐 쉴까."

"어, 쉬고들 있어."

"여… 역시 형은 인간이 아닌 사람이야."

"도영아, 사람이 인간이야."

오늘도 1무식을 적립하는 도영.

선우의 타박에 도영은 삐진 표정으로 고개를 돌렸다.

어차피 음료수를 사 들고 오겠다던 유찬이 자리를 비운 상태니, 더 빡센 연습을 진행할 필요는 없었다.

"좀 쉬었다 하자."

멤버들이 바닥에 널브러져 있는 동안에도, 상준의 눈길은 열의로 타오르고 있었다.

'계속 스텝이 꼬이는 파트.'

「유연한 댄스 머신」 덕에 삐걱거리던 몸은 한결 가셨지만, 모든 춤이 완벽한 건 아니다.

실제로도 보컬보단 댄스에 약하다는 걸, 상준 스스로도 충분히 인지하고 있었고.

그 간극을 메꾸기 위한 것이 연습이었다.

눈을 뜨면 들려오는 너의 목소리

I wanna hear your voice

쉬지 않고 반복되는 노래.

이미 파트를 완전히 외울 지경이지만, 사소한 실수도 해서는
안 된다.

커버 무대와는 또 다른 압박감. 멤버들 모두의 얼굴에 사뭇
진지한 결의가 내려앉은 이유도 그 때문이었다.

"어?"

그 순간, 휴대전화를 만지작거리던 도영이 고개를 들었다.

이내 해맑은 표정으로 웃는 도영.

마지막으로 헷갈리던 부분을 체크하던 상준이 고개를 돌렸다.

"무슨 일이야?"

"우리 리얼리티 댓글 봤어?"

"아."

생각해 보니 오늘 데뷔 리얼리티가 올라오는 날이다.

점심도 제대로 못 먹고 연습에 열중한 터라 잠시 까먹고 있었지만.

상준은 땀을 옷소매로 훔치며 연습실 벽에 기댔다.

"반응 어때?"

"형, 셰프 하래."

"헐. 나 벌써 아이돌 실직한 거야?"

"그런가 봐."

기분 좋게 웃으며 도영의 휴대전화를 낚아채는 상준.

리얼리티가 올라오자마자 실시간 댓글들이 쏟아지고 있었다.

조승현 실장의 예감은 이번에도 맞아떨어졌다.

―와. 애들 열심히 뛰어다니는 거 봐ㅋㅋㅋㅋ

―데뷔 기대하겠습니다!

└데뷔일 언제임?

└6월 21일이래

└오 얼마 안 남았네 존버존버

―저기 주황색 후드티 입은 애 이름 뭐예요?

└상리랑

└??? 사람 이름이 왜 그래요?

└아니 별명이라고 ㅋㅋㅋㅋㅋㅋ

―와. 리얼리티가 이렇게 존잼인 건 첨 보는데

└애들 잘 노는듯

└탑보이즈. 이름 알아 갑니다

―데뷔곡 궁금하다 은근히 잘라서 나오네

└얼른 풀 버전ㅠㅠㅠ

└담 주 티저 나온대요!!!!!

└ㄴㅜㅑ

리얼리티는 기존 팬을 위한 선물이기도 하지만, 동시에 새로운 팬의 유입을 위한 소개의 장이다. 그런 의미에서 탑보이즈의 첫 방송은 그 역할을 톡톡히 해내고 있었다.

"이야."

잔뜩 신이 난 팬들의 댓글.

상준은 댓글을 하나하나 읽어가며 미소를 지었다.

제현은 오늘도 자신을 언급한 댓글들을 하나씩 캡처하고 있었다.

"자."

하지만, 들뜬 마음 못지않게 중요한 건 연습이다.

상준은 기지개를 켜며 다시 일어났다.

"다시 시작하자."

"아아악……."

곡소리를 내면서도 일어나는 멤버들.

부드러운 기타 소리가 흘러나오자 반사적으로 자세를 잡을 수밖에 없다.

누워서 시작하는 도입부에, 한 치의 삐걱거림도 없는 유연한 안무가 이어진다.

아침을 깨우는 소리 잠에서 일어나
너로 인해 시작하는 하루

완벽하게 합이 맞는 안무.

유리창에 비치는 그들의 모습을 보며, 모두들 속으로 감격에 잠겼다.

'이미 데뷔한 그룹이라고 해도 믿을 실력.'

조금의 흐트러짐도 없는 동선과 안무.

필요한 부분에선 유연하게 꺾이지만, 절도 있는 파트에선 조금의 여유도 두지 않는다.

"후우."

쉬지 않은 연습이 만들어낸 결과다.

'이제 정말 데뷔…….'

멀게만 느껴졌던 그 무대가 코앞에 닿아 있었다.

"와……."

헐떡이는 숨소리와 함께, 끝이 나는 또 한 번의 연습.

거친 숨을 몰아쉬며 상준은 미소를 지었다.

연습이 끝나면 안다.

어떻게 무대가 마무리되었는지.

"아."

연습이 잘되었다는 신호.

짜릿한 전율이 온몸을 감싼다.

상준은 반짝이는 눈으로 허공을 응시했다.

그 순간.

"헤이, 돌아왔다!"

유찬이 양손 가득 비닐봉지를 들고 돌아왔다.

음료수만 사 온 줄 알았더니, 편의점에서 간식거리도 사 온 모양이었다.

팝콘 과자부터 초코바까지, 제법 두둑한 양이다.

유찬이 목소리를 낮추며 유리문 너머를 살폈다.

"실장님, 퇴근하신 거… 같아. 오늘 어디 가신 댔거든."

"오오."

"매니저님은?"

유찬은 눈치를 살피며 말을 뱉었다.

"아마?"

데뷔를 앞두고 있는 터라 과자는 어림도 없다.

사소한 군것질도 끊은 지 거의 한 달.

군침이 도는 간식에, 멤버들의 시선이 본능적으로 쏠렸다.

도영은 흥분한 얼굴로 비닐봉지에 달려들었다.

"와아아. 초코바 내 거?"

"뭐래, 그거 내가 사 온 거구만."

"형, 막대 사탕은?"

그 와중에도 막대 사탕에 꽂힌 제현의 시선.

유찬은 뿌듯한 표정으로 주머니에서 사탕 하나를 꺼냈다.

"크으, 형이 특별히 챙겼다."

노란색의 막대 사탕.

맛을 확인한 제현이 고개를 저었다.

"나, 사과는 안 먹는데."

"허얼. 따지는 건 겁나 많아. 그냥 안 준다?"

유찬의 당당한 한마디에 제현이 바로 꼬리를 내렸다.

다른 군것질은 하나도 안 하는 와중에도 막대 사탕만은 끊을 수 없었던 제현.

말은 그렇게 해도 이미 마음은 반쯤 넘어가 있었다.

"내놔."

"공손하게."

"내놓으세요."

퍽도 공손하다.

유찬은 못 이기는 척 사과 사탕을 내주고는 캔 하나를 꺼내 들었다.

도영의 반짝이는 눈이 유찬의 손으로 향했다.

대놓고 빤히 쳐다보는 시선.

유찬이 헛기침을 하며 말을 뱉었다.

"오다 주웠다."

"이야, 네가 웬일이야? 음료수도 챙겨주고."

허구한 날 투닥대는 둘이기에, 도영은 감탄과 함께 유찬이 건네는 음료수를 받아 들었다.

그런데.

이내 도영의 얼굴이 일그러진다.

"뭐… 뭔."

"왜?"

손에 묵직함 따위 느껴지지 않는, 깃털 같은 가벼움.

도영은 지그시 유찬을 노려보며 이를 악물었다.

"야, 이거 비었는데……?"

"내가 말했잖아. 오다 주웠다고."

"너… 너!"

후다닥.

말이 끝나기도 전에 줄행랑을 치는 유찬.

그 뒤로 텅 빈 깡통을 쥔 도영이 달린다.

"야, 엄유찬. 너 이 새끼, 잡히면……!"

"사실 난 예상했다."

해탈한 표정으로 고개를 까닥이는 선우.

상준은 피식 웃으며 과자 한 봉지를 뜯었다.

비닐을 뜯자마자 캐러멜 향이 확 올라오는 팝콘 과자.

상준은 혀를 내두르며 말을 뱉었다.

"난 저 둘이 싸울 때마다 팝콘 뜯는 게 그렇게 맛있더라."

"그러엄, 아주 꿀맛이야."

"야, 엄유찬! 너 거기 안 서?"

복도 사이로 울려 퍼지는 아우성.

저렇게 싸워대도 붙여놓으면 잘 노는 게 신기할 지경이다.

오랜만에 맛보는 달달함.

"으음."

"진짜 맛있네."

선우와 상준은 거듭 감탄하며, 팝콘 한 움큼을 입안에 털어넣었다.

입안에 은은하게 퍼지는 달콤한 향.

출출하던 배를 채울 간식을 열심히 밀어 넣던 순간.

"엥. 갑자기 조용해졌네?"

"냅 둬. 싸우다 지쳤나 보지."

갑자기 조용해진 복도.

상준은 팝콘 한 움큼을 더 털어 넣으며 고개를 갸우뚱했다.

그런데.

벌컥.

"얘들… 아?"

쥐도 새도 모르게 다가와 갑자기 문을 열어젖히는 송준희 매니저.

팝콘을 오물거리고 있던 상준은, 그대로 사레가 들렸다.

"켁… 켁!"

이렇게 대놓고 들킬 줄은 몰랐는데.

연습실 중앙에 널브러진 과자 봉지를 본 송준희 매니저의 얼굴에 혼란이 가득 찼다.

밖에서 열심히 싸우고 있는 둘을 간신히 잡아 왔더니만.

'안에선 과자 파티.'

데뷔를 앞두고 있는 상태에다, 쉴 새 없이 연습이 이어지다 보니…….

"흠."

하긴 요즘 너무 조금 먹이긴 했다.

송준희 매니저는 안쓰러운 눈길로 고개를 끄덕였다.

"그래, 한창 자랄 나이긴 하지."

"매니저님."

"어?"

"상준이 형은 옆으로 자랄 나인데요."

이걸 이렇게?

느닷없는 도영의 어택에 상준이 억울한 표정으로 일어났다.

"야, 차도영……!"

빠르게 송준희 매니저의 뒤로 대피하는 도영.

해맑게 생글거리는 낯짝을 보니 전투 의지가 불타오른다.

'숙소에서 보자.'

입을 뻐끔거리는 상준의 멘트에, 도영이 조용히 입을 다물었다.

"아이고, 얘들아."

송준희 매니저는 혀를 차며 둘의 사이를 가로막았다.

본의 아니게 과자를 뜯고 있는 모습을 보게 되긴 했지만.

"딴것 때문에 온 게 아니라."

중요한 소식을 전할 생각으로 왔다.

데뷔를 앞둔 시기.

안무 연습과 보컬트레이닝만으로도 이미 충분히 바쁜 멤버들이다.

수록곡 녹음도 이미 끝났고.

이제 남은 건 뮤직비디오 일부분 촬영과…….

"내 얘기 잘 들어."

송준희 매니저가 고개를 든 채 말을 뱉었다.

시계를 보니 오후 2시.

'늦었다.'

최대한 빨리 가도 3시니, 다소 빠듯한 시간이다.

자세히 설명할 시간도 촉박한 터라, 송준희 매니저는 재촉부터 했다.

"너네 지금 바로 출발해야 돼."

"지금이요?"

오늘 스케줄이 있다고 전해 들은 바가 없다.

이 시간에 갑자기 어딜 간다니.

놀란 눈으로 자신을 올려다보는 멤버들에게, 송준희 매니저가 다급히 손짓했다.

"일단, 가서 설명해 줄게."

"네엥."

일단 타라고 하니, 탈 수밖에 없다.

"자, 빨리빨리!"

덜컹.

곧바로 차를 몰고 온 송준희 매니저가 문을 열자마자.

멤버들이 달려와 차에 올랐다.

"그래서 어디 가는 거야?"

"헐. 우리 납치되나 봐."

"이렇게 또 민박집 끌려가는 거 아냐?"

지난번 리얼리티 사태 이후로 쌓인 불신이다.

도영은 조잘대며 남은 팝콘을 입에 물고 있었다.

"민박집 아니다, 얘들아."

"폐가는 아니죠?"

해맑은 멤버들이 던지는 말에, 송준희 매니저는 피식 웃음을 터뜨렸다.

다름이 아니라.

수록곡 녹음만큼이나 중요한 스케줄.

송준희 매니저는 핸들을 잡으며 말을 뱉었다.

"가자. 너희 인생 샷 찍으러."

"인생 샷이요……?"

상준이 놀란 눈으로 묻기도 전에.

스르륵.

그들이 탄 차가 미끄러지듯 주차장을 빠져나갔다.

*　　　　　*　　　　　*

조 실장이 어디를 그렇게 바쁘게 갔나 했더니만 여기 있을 줄이야.

"실장님, 실장님!"

도영은 익숙한 얼굴을 보고는 해맑게 달려갔다.

'탑보이즈'의 앨범 재킷 촬영 현장.

카메라가 아직 익숙하지 않은 멤버들은 그야말로 들떠 있었다.

"와, 그러면 정식 앨범 재킷이에요?"

"그래. 니들 앨범에 들어갈 거."

조승현 실장은 신기해하는 멤버들을 향해 웃음을 터뜨렸다.

본의 아니게 첫 뮤직비디오 촬영을 애들에게 맡긴 터라, 이런 정식 촬영 장소는 처음 와보는 눈치다.

"이야."

한눈에 봐도 근사해 보이는 각종 장비들이 설치된 스튜디오.

"와. 색감 예쁘다."

「기적의 프로그래퍼」를 사용한 이후로 직업병처럼 습관이 생겼다.

상준은 촬영장을 돌아다니며 색감을 따지고 있었다.

'역시 전문가들의 구도.'

흠잡을 데 없이 완벽하다.

상준은 떨리는 심장을 부여잡으며 촬영장에 섰다.

"얘들아, 한 명씩 촬영 갈 거야."

뮤직비디오 촬영에 앞서 진행되는 앨범 재킷 촬영.

송준희 매니저가 불쑥 다가와 말을 뱉었다.

"이야, 오늘은 더 근사한데?"

분주하게 돌아다니는 메이크업아티스트들과 스타일리스트.

앨범 분위기에 맞는 스타일을 갖춘 상준을 보곤, 송준희 매니저가 흐뭇한 미소를 지었다.

보기만 해도 청량해지는 주황색 옷에, 얼굴을 한층 환하게 해주는 메이크업까지.

"그런가요."

상준이 머쓱한 표정으로 웃자, 송준희 매니저는 엄지손가락을 치켜올렸다.

메이크업을 받고 나온 다른 멤버들도 마찬가지.

상준은 저쪽에서 걸어오는 유찬을 보며 입을 벌렸다.

"와, 누구세요?"

숙소에서 반좀비 상태로 기어 다니던 녀석을 사람을 만들어놨다.

유찬은 어이가 없다며 반문하는 와중에도, 퍽 마음에 드는 모양이었다.

유찬은 어깨를 으쓱하며 거울을 돌아보았다.

"거울들 그만 보고."

송준희 매니저가 호탕하게 웃으며 상준을 끌었다.

"자, 상준이부터 들어가자."

본격적으로 시작되는 촬영.

메이크업 덕에 자신감도 더 붙었으니.

'완벽하게 가자.'

상준은 열정적인 눈길로 촬영장에 발을 들였다.

카메라맨이 손을 휘저으며 다급히 말을 뱉었다.

"자, 거기 중앙에 서봐요!"

밝은 노래의 분위기와 어울리는 스튜디오의 배경.

빨간색, 노란색, 파란색, 초록색, 주황색.

총 다섯 가지의 색을 컨셉으로 한 뮤직비디오다.

그중에서 상준이 맡은 색은.

'주황색.'

지난번에 한 번 주황색 후드티를 입었다고 이렇게 되어버리다니.

─주황색 후드티 걔 누구예요?

└ㅇㅈㅇㅈ

└나상준이라니깐?

└대박이던데;;

요리도 잘하고, 감독까지 하는 데다 마피아 게임조차 잘하는 이미지.

'마이픽'과 '드라마 인 드라마'로 어느 정도의 인지도를 쌓은 상준이지만.

데뷔 리얼리티 이후로 '주황색 후드티'로 완전히 각인되어 버렸다.

'주황색 그렇게 안 좋아하는데.'

상준은 속으로 구시렁대며 고개를 돌렸다.

도영은 이미 저 옆 스튜디오에서 빨간색 사과를 든 채 생글거리고 있었다.

유찬은 본인과 어울리는 파란색 키보드를 들고 있고.

침착한 선우는 초록색, 막내인 제현은 노란색이란다.

"이야, 그림 나오네!"

조승현 실장은 박수를 치며 촬영장을 동분서주했다.

확실히 원색 배경에 놓으니 얼굴이 산다.

그중에서도 스태프들의 시선이 쏠리는 곳은 주황색 부스.

"쟤 누구야……?"

"본 적 없어? 마이픽에도 나왔었잖아."

"아, 맞다."

"연기 잘하던데."

스타일리스트들은 옹기종기 모여 앉아 감탄하고 있었다.

연예인을 한두 번 본 것도 아닌 데다, 블랙빈까지 담당한 경력이 있는 그들이었지만.

그와 별개로.

'눈에 띈다.'

조승현 실장은 흡족한 미소로 고개를 까닥였다.

그 와중에도, 상준은 열의 넘치는 눈길로 소품들을 스캔했다.

"상준아, 네가 그중에 들고 찍을 만한 거 몇 개 골라봐."

주황색 오렌지, 그리고 당근. 마지막으로 오렌지색 풍선까지.

상준의 시선이 잠시 당근에 쏠렸다.

휘익. 흔들흔들.

당근을 살짝 흔들어 보이는 상준에, 조승현 실장이 고개를 저었다.

"상준아, 약간 귀농한 삘인데 그거."

"아, 그래요?"

메이크업을 풀로 받아놓고, 당근은 조금 아니지 않냐며 덧붙이는 말에.

상준은 턱을 쓸며 고민에 빠졌다.

이렇게 된 이상.

"아예 악기 컨셉으로 가보는 건 어떨까요?"

각 방의 컨셉은 색깔만큼이나 상이했다.

도영이 있는 곳은 붉은 배경의 슈퍼마켓처럼 아기자기하게 꾸며져 있었고.

유찬은 근사한 사무실처럼 심플한 디자인의 푸르른 배경이었다.

상준이 있는 곳은 주황색 볼 풀장이 허리까지 차올라 있었다.

"어, 괜찮은데?"

조승현 실장이 고개를 끄덕였다.

원래 악기 컨셉으로 사진을 촬영하는 씬이 뒤에 있긴 했던 터라. 그걸 지금 묶어 써도.

"당근보단 나을 거 같은데."

"크흠."

악기를 하나씩 들고 촬영해 보자는 상준의 제안에, 소품 팀 스태프들이 악기를 끌고 왔다.

키보드에 드럼, 기타까지.

각종 악기들이 대령되어 있었지만.

악기를 쓰윽 훑은 상준은 이내 혼란스러운 눈빛이 되었다.

'분명 각자의 색대로 가져가는 걸 텐데.'

붉은 색으로 도색된 드럼, 노란색 키보드, 푸른 일렉기타.

들고만 있어도 그럴싸한 분위기를 자아내는 악기들 사이에, 상준의 눈길이 조그마한 리코더로 향했다.

"저어는… 왜 리코더예요?"

앙증맞기 그지없는 주황색 리코더.

당황한 상준의 낯빛을 확인한 조 실장은 헛기침과 함께 말을 뱉었다.

"아, 그게."

멤버들 중 유일하게 볼 풀장에 있다 보니, 설치용 악기들은 들어갈 자리가 없다는 게 주된 설명이었다.

'하지만 리코더라니.'

의욕이 넘치던 상준의 어깨가 축 처졌다.

엎친 데 덮친 격으로 일렉기타를 튕기던 유찬이 놀려왔다.

"형, 리코더 연주 근사하게 한 곡 뽑아줘."

"크으, 간지 난다. 리코더."

남의 불행을

행복으로 알아주는 착한 동생들.

상준은 이를 악문 채 리코더를 들었다.

이렇게 된 이상.

"내가 한 곡 뽑아보지."

언젠가 꼭 한번, 악기 관련 재능을 필요로 하리라는 생각을 했었다.

지난번 작곡 때도, 다시금 절실하게 느꼈던 사항이기에.

'미리 리스트에 올려두었지.'

연기 천재 재능을 반납하고 새로운 재능을 대여한다.

「악기의 마에스트로」.

"후우."

손끝을 타고 오르는 짜릿한 감각.

피아노 위에 손을 얹으면 뻣뻣하게 굳기만 했던 과거는 끝났다.

'원래는 피아노에 쓰려고 했지만.'

건반 대신 리코더 위에 조심스레 손가락을 얹었다.

그리고, 이내 시작되는 현란한 손놀림.

"에이, 리코더로 무슨……."

"……."

"아?"

조소를 머금고 있던 유찬은 그대로 얼어버렸다.

초등학생들도 수업 시간에 배우는 조그마한 리코더.

그만큼 친숙한 악기지만.

'애들이나 쓰는 악기지.'

그런 의식이 팽배한 현실을 정통으로 부정하는 상준의 실력.

리코더에서 나오는 소리라고는 믿기지 않을 정도로 화려한 연주다.

"와."

지나가던 스태프들도 멍한 얼굴로 상준에게 고개를 돌렸다.

그동안 수많은 악기 연주를 들었지만.

오케스트라가 온 듯한 웅장함과 현란함.

쉬지 않고 쏟아지는 멜로디의 폭풍 앞에서 모두들 멈칫할 수밖에 없었다.

"누가… 이런 연주를."

제현의 촬영을 지켜보고 있던 송준희 매니저도 멍한 얼굴로 다가왔다.

본능적인 끌림이다.

'아름다운 연주……'

상준은 여유로운 미소를 지으며 걸음을 옮겼다.

삐리리. 삐리리리—.

심금을 울리는 맑은 멜로디.

상준이 가는 길마다 홀린 듯 사람들이 따라오기 시작했다.

"저… 저기 무슨 일이야?"

건너편 세트장에 있던 스태프들도.

막대 사탕을 문 채 촬영하고 있던 제현도.

리코더가 가진 저력을 무시하고 있던 유찬도.

모두들 쪼르르 따라온다.

그리고, 이날 이후.

상준에겐 또 하나의 별명이 따라붙었다.

바로.

피리 부는 소년.

＊　　　　　＊　　　　　＊

"워우, 피리 부는 소년!"

"……."

"메탈상준에 이어서 피리까지. 형, 그 정도로 리코더 잘 부는 사람은 형이 처음이었어."

"그, 그래."

상준은 머쓱한 표정으로 고개를 돌렸다.

리코더를 배정받은 탓에 괜한 자존심을 살려보고자 내건 연주였는데…….

"100만 뷰래, 형."

"하아."

왜, 대체.

공을 들인 안무 영상보다도 리코더 부는 영상이 더 조회수가 높게 나오는 걸까.

"하하하……."

당일 넋이 나가 있던 스태프 하나가 상준의 리코더 연주를 찍어 올리는 바람에 이 지경이 되었다.

상준은 복잡 미묘한 표정으로 리코더를 집어 들었다.

"이렇게 생각이 복잡할 때는……."

"리코더 연주를?"

"바로 그거지."

하지만, 유감스럽게도 리코더 연주를 할 시간은 없었다.

"자, 촬영 준비하자."

짬짬이 준비해 두었던 데뷔 리얼리티.

지난번 앨범 재킷 촬영 때도 데뷔 리얼리티 카메라는 켜져 있었지만, 오늘은 보다 특별한 이벤트를 위한 촬영이었다.

바로.

"저희 탑보이즈의 팬클럽 이름을 정하는 날입니다!"

"와아아아!"

지난번처럼 유이앱으로 실시간 반응을 확인할 수 있는 상황.

상준은 리코더를 흔들며 팬들에게 인사를 건넸다.

예상대로 이미 인터넷을 떠돌아다니는 영상을 본 팬들이 댓글을 쏟아냈다.

―리코더 연주 좀!!!!

―연주 보고 싶어요ㅠㅠㅠㅠㅠ

―헐, 팬클럽 이름이라잖아… 다들 리코더 타령 좀 그만해

―우선 이름부터 ㄱㄱㄱㄱ

"크흠."

상준은 시선을 집중시키며 부드럽게 입을 열었다.

앞으로 탑보이즈와 함께할 공식 팬클럽명.

쇼케이스 날에 정식으로 알려질 예정이지만.

"오늘, 이렇게 여러분의 의견을 직접 듣게 되었어요."

"크으, 그렇습니다. 열심히 댓글 달아주세요!"

오늘도 어김없이 운을 띄우는 도영.

굳이 언변술 재능이 없어도 예능 경험이 쌓이니 자연스레 말이 는다.

상준은 능숙하게 진행을 해나갔다.

"혹시 생각해 둔 아이디어 있으세요?"

"아이디어라……."

고민하는 표정으로 턱을 쓸던 선우.

해맑은 표정의 제현이 선수를 쳤다.

"저, 생각해 봤어요."

"오오, 우리 막내. 얘기해 봅시다."

"저희가 탑보이즈잖아요."

평상시의 멍한 표정은 어디로 가고.

방송이라 그런지 발음 하나하나에 신경 쓰며, 또박또박 말하는 제현이다.

제현은 진지한 표정으로 말을 이었다.

"이름에 탑이 들어가면 좋을 거 같아요."

"오, 그래서?"

호기심에 가득찬 시선이 제현에게 쏠린다.

팬들조차 멤버들이 꺼내놓을 첫 번째 이름이 궁금한지 열심히 하트를 쏘아대고 있었다.

　그 순간.

　제현의 묵직한 한마디가 촬영장을 울렸다.

　"다보탑이요."

　아……?

　당황한 멤버들의 눈빛이 허공을 갈랐다.

　"다보탑?"

　그 와중에.

　심지어 제현에겐 진지한 이유까지 있었다.

　"탑보이즈의 팬들 모두 다. 이걸 세 글자로 줄이면 탑보다가 되잖아요?"

　"넌 바보다……."

　"그걸 거꾸로 뒤집은 거죠."

　쓸데없이 구체적인 사유까지 지닌 팬덤명이라니.

　이미 댓글창은 포화 상태가 되었다.

　─다보탑 할게!!!!! 제현아!!!!

　─우리 제현이 하고 싶은 거 다 해!!!

　─안녕하세요 다보탑이에요

　─전 석가탑 ㅅㄱ

　─꺄아아아아ㅏ아아ㅏ

　"큰일 났다."

　이미 콩깍지가 씌어버린 팬들은 다보탑이라도 따라가겠다며 난리였다.

상준은 황급히 카메라 앞을 막아섰다.

"지금은 화면 정화 시간입니다."

멤버들과 팬들을 동시에 진정시키기 위한 상준의 비책.

그와 동시에 아리랑의 곡조가 구슬프게 울려 퍼진다.

리코더로 저렇게 다양한 감정을 담아내다니.

"미륵사지 4층 석탑!"

"…아니면 에펠탑."

덕분에 난장판이던 뒤쪽은 서서히 진정되어 갔다.

다보탑을 중얼거리던 제현도 아리랑의 한 앞에서는 멈칫할 수밖에 없었다.

"아."

삐리리― 삐릴리리―.

구슬픈 곡조를 끝낸 상준이 안도의 한숨을 쉬었다.

그동안.

"제게 떠오른 생각이 있습니다."

"형, 드립 생각하고 있는 거라면 그만둬."

아니다.

아리랑 곡조를 연주하는 도중, 머릿속을 스쳤던 생각.

의미 있으면서도 입에 착 감기는 이름.

그런 이름이 떠올랐으니까.

"제 생각에는."

상준은 미소를 지으며 조심스레 입을 열었다.

*　　　*　　　*

한시가 촉박한 데뷔 준비 시간.

그렇게 쏜살같이 지나간 시간은, 어느덧 데뷔 전날에 향해 있었다.

조승현 실장은 긴장한 기색으로 입을 열었다.

"자."

JS 엔터에 몸담고 있는 동안 그의 손을 거친 연예인이 한둘이 아니었다. 그럼에도 자신의 손으로 만들어낸 친구들이 데뷔하는 순간은 언제나 설렘이다.

데뷔 조로 선정되는 일이 치열한 예선 경기라면.

이제는 본격적인 레이스를 시작해야 할 순간이다.

가슴이 벅차오르는 일이지만, 때론 쓰러질 듯 힘든 순간들이 몇 번이고 찾아올 터였다.

'데뷔가 끝이 아니니까.'

연예계는 때론 잔혹하고 냉정하다.

꿈에 그리던 데뷔에 성공하고도 무너지는 이들이 한둘이 아니니까.

그렇지만.

'잘할 거야.'

멤버들을 출발선 위에 세워둔 조 실장은 그렇게 확신했다.

그동안 그래 왔듯, 충분히 앞으로도 잘할 거라고.

조승현 실장의 비장한 한마디가 던져졌다.

"완벽히 준비됐지?"

데뷔 전날이니만큼, 사소한 것도 여러 번 체크된 상태다.

1팀장 정혁이 만족스러운 눈길로 고개를 끄덕였다.

"일단 뮤직비디오는 잘 뽑힌 거 같아요. 설정도 완벽하고. 아, 완성본 사진들 한번 보세요."

책상 위에 펼쳐지는 재킷 사진들.

가만히 사진들을 훑던 직원들의 입에서 탄성이 튀어나왔다.

대비되는 색감 속에서 연습생답지 않은 끼를 발산하는 멤버들.

"와, 진짜 잘 나왔네요."

"애들이 촬영을 잘하더라고."

상준의 작곡과 더불어 정용찬 작곡가의 도움까지.

수록곡까지 완벽한 곡들로 갖춰진 데뷔앨범.

이제 관건은 대망의 데뷔일이다.

"쇼케이스 준비는 확실히 된 거 맞지?"

"네. 일단 기자들이 인터뷰할 만한 부분들 뽑아서 연습시키고 있습니다."

송준희 매니저가 미소를 지으며 입을 열었다.

신인이니만큼 첫 데뷔 쇼케이스 때는 많이들 실수를 하게 마련이다. 물론 사소한 실수를 가지고 물고 뜯지는 않겠지만.

'흑역사란 말이지.'

괜히 쇼케이스에 가서 안무 실수를 한다거나, 가사 실수를 했다가는 평생 짤로 남아 돌아다닐지도 모르는 노릇이다.

더욱이 어느 정도 인지도도 있는 상태니.

기자들의 관심도 이쪽에 많이 쏠려 있었다.

"애들 들어갈 음악방송이랑 프로그램은 몇 개 추려서 보내고. 홍보 기사도 빨리 뿌려줘."

"넵, 그렇게 하겠습니다."

"아."

갑자기 한 가지 생각이 조승현 실장의 머릿속을 스쳤다.

지난번에 한번 봐뒀던 예능.

"그때 그것도."

'상준이한테 딱인데.'

조승현 실장의 속마음을 이해했는지 송준희 매니저가 고개를 끄덕였다.

"네, 그것도 일러두겠습니다."

일사천리로 진행되는 회의.

두근거리는 마음을 이끌고 조승현 실장은 자리에서 몸을 일으켰다.

"이제 슬슬 일어나 보자고."

코앞에 다가온 데뷔.

이제는 정말 마지막 체크만이 남아 있었다.

"후우."

쿵.

문을 열고 나간 조승현 실장은 곧바로 연습실에 향했다.

멀리서부터 울려 퍼지는 '모닝콜'의 하이라이트 멜로디.

데뷔 하루 전날인 오늘에도, 연습은 쉬지 않고 이어진다.

흐뭇한 미소를 짓던 조 실장은 벌컥 문을 열어젖혔다.

"어, 실장님?"

"안녕하세요!"

우렁찬 목소리로 살갑게 인사하면서도, 긴장한 기색이 완연한 표정들이다. 상준은 침을 삼키며 조승현 실장을 올려다보았다.

씨익 웃어 보이는 조승현 실장.

"자, 얘들아."

그의 입에서 튀어나올 말을, 멤버들 모두가 대강 짐작하고 있었다.

오늘이라면.

"쇼케이스 무대 보러 가자."

"무대요? 저희가 설 무대……?"

"와아아악!"

그와 동시에, 행복한 비명 소리가 연습실에 울려 퍼졌다.

＊　　　　＊　　　　＊

"마지막까지 절대 실수하지 말고! 말도 확실하게 또박또박, 알았어?"

"네엡!"

입을 모아 외치는 멤버들.

말로는 또박또박을 외치는데.

"허어… 허. 망했어……."

"아니, 왜 그래."

"숨이 안 쉬어져."

이미 반쯤 패닉상태다.

데뷔 당일. 이날이 정말 찾아올지도 몰랐지만.

막상 찾아오니.

'아, 떨려 죽겠다.'

「무대의 포커페이스」.

겉으로는 온화한 표정을 유지하고 있는 상준이지만, 이미 그의 심장은 튀어나올 듯 정신없이 뛰고 있었다.

상준은 창백한 얼굴로 제현에게 말을 걸었다.

"야, 제현아. 나 진짜 심장이 뛰어."

"……."

사뭇 충격받은 얼굴.

긴장 탓이라며 막대 사탕을 물고 있던 제현의 입이 떡 벌어진다.

뭔가 잘못했나.

'어떤 포인트에서 놀란 거지.'

상준이 의아한 표정으로 제현을 바라보던 찰나.

그가 진지한 목소리로 입을 열었다.

"형, 원래 심장은 뛰어."

"아……."

"설마. 그동안 안 뛰었던 거야? 지금이라도 빨리 병원을……."

이 와중에도 쓸데없이 진지한 제현.

급한 일이라며 매니저를 부르려는 그의 손짓을 상준이 간신히 막아 세운다.

"제현아, 인터뷰 연습이나 하자."

"엉."

사실 다른 멤버들은 그다지 걱정이 안 됐다. 도영은 워낙 까불거리긴 하지만 무식한 멘트 외엔 버벅거릴 녀석은 아니었고.

침착한 선우와 유찬은 말할 것도 없었다.

그나마 걱정이 되는 멤버라고는 제현뿐.

혹여 생뚱맞은 소리를 하지 않을까, 걱정이 앞섰던 상준이 물음을 던졌다.

"자, 이번 데뷔를 하게 된 소감."

"행복합니다."

"아니, 좀 더 구체적으로."

심플하기 그지 없는 대답에, 상준이 단호하게 고개를 저었다.

그 와중에 메이크업을 마친 유찬이 생글거리며 돌아왔다.

"제현이 인터뷰 연습?"

"그렇지."

"형은 당연히 준비 다 했지?"

상준은 대답 대신 고개를 끄덕였다.

본인이 만든 곡임에도 사소한 것조차 놓치지 않게 완벽한 자료 조사를 마친 상태다.

"어쿠스틱 베이스에 부드러운 드럼 비트가 인상적인 곡이며, 모닝콜처럼 아침을 깨우는 노랫소리를 지향하는 노래. 어젯밤에 다 외웠어."

"아니, 그걸 외웠다고?"

그뿐만이 아니다.

노래의 주제에 이어서 뮤직비디오의 주제마저 이미 달달 외운 상준이다.

열의가 넘쳐흐르는 상준의 눈길에, 유찬은 납득한다는 듯 고개를 끄덕였다.

하지만, 그때는 몰랐다.

이 지나친 열정이 어떤 결과를 불러올지.

* * *

"헉……. 미쳤다. 이제 바로 시작이야……."

"이미 밖에는 사람들 와 있다고."

쇼케이스 10분 전.

시간이 지날수록 떨림은 커져갔다.

벌써 세 시간째 대기실에서 대기하고 있던 멤버들의 얼굴은 이미 창백하게 질려 있었다.

"얘들아."

안무를 숙지하고 또 숙지했으며, 예상 인터뷰 내용까지도 달달 외웠지만.

식은땀이 나는 손은 쉽게 진정될 기미를 보이지 않았다.

"이제 가자."

어제 봤던 드넓은 쇼케이스장.

'여기가 너네가 내일 데뷔할 곳이야.'

조승현 실장이 이곳을 소개할 때, 모두들 입을 벌리고 있었다.

소규모 콘서트장처럼 아기자기하게 꾸며진 무대.

머리 위를 비추는 은은한 조명.

'넓다, 진짜 넓다.'

그때도 충분히 긴장한 상태라고 생각했는데.

아니다.

"진짜 어떡하지."

어제는 그냥 '넓네' 하고 생각했다면, 오늘은 체감부터가 달랐다.

저 넓은 쇼케이스장이 자신을 누르고 있는 게 아닌가 싶을 정도로, 무겁게 느껴지는 위압감.

리허설 때도 그랬는데 본 무대는 어떨까.

"후우."

상준은 짙은 한숨을 내뱉으며 밖을 돌아보았다.

우렁차게 울려 퍼지는 남자의 목소리.

사회자의 진행이 시작을 열었다.

"탑보이즈의 쇼케이스장에 오신 팬 여러분들을 진심으로 환영합니다!"

"와아아아!"

사방에서 울려 퍼지는 박수 소리. 그 틈에 섞여 웅성대는 소리까지. 사소한 소음마저도 귓가에서 울려 퍼지는 듯 선명하다.

도영이 겁먹은 눈길로 입을 열었다.

"내가 문틈으로 살짝 봤는데. 사람 많은 것 같아."

총 300석의 쇼케이스장.

많다고 하면 많고, 적다고 하면 적을 인원이었지만.

'우리의 첫 팬들도 있겠지?'

그 사실 하나가 그들을 설레게 했다.

게다가, 첫 무대.

어쩌면 평생 기억에 남을 첫 무대다.

"잘할 수 있어. 다들 긴장하지 말고."

"형부터 떨지 말고."

크흠.

애써 태연하게 물을 삼키던 상준은 도영에게 제대로 걸려 버렸다.

분명 표정은 평온한데, 손이 사시나무처럼 떨린다.

'그나마 표정이라도 멀쩡한 걸 감사해야 하나.'

상준은 피식 웃음을 흘리며 주먹을 움켜쥐었다.

긴장한 기색이 역력한 멤버들이었기에, 송준희 매니저도 굳이 재촉하지는 않았지만.

"탑보이즈의 첫 데뷔 무대가 준비되어 있습니다."

밖에서 들리는 말소리로도 충분히 짐작할 수 있었다.

상준은 멤버들과 결연한 눈빛을 주고받았다.

이제 정말 무대에 올라가야 할 시간이다.

"파이팅 한번 하자."

상준의 한마디에 모두들 힘차게 고개를 끄덕였다.

비장한 얼굴로 상준이 손을 올리자, 멤버들이 그 위에 손을 얹는다.

처음이기에 떨리지만.

'잘할 거야.'

그렇게 확신하는 무대.

"파이팅! 파이팅! 파이팅!"

우렁찬 다짐과 함께.

그들의 첫 무대가 시작되었다.

"후우……."

저벅저벅.

발소리마저 다 들리는 고요한 무대.

멤버들은 떨리는 발걸음으로 짙은 어둠 속을 걸었다.

그 순간.

"와아아아—!"

"꺄아아아악!"

완전히 암전된 상태였음에도, 멤버들의 실루엣을 확인한 팬들의 함성 소리가 울려 퍼진다.

무대 바닥을 진동시킬 정도로 열정적인 응원 소리.

'오랜만에 듣는 함성.'

마이픽에서도 들은 적 있었지만.

오늘따라 이 함성 소리가 왜 이리 벅차게 느껴질까.

상준은 미소를 지으며 고개를 들었다.

그리고.

반짝.

캄캄하게 무대를 가리고 있던 어둠이 걷혔다.

그와 동시에 머리 위를 비추는 은은한 조명.

"와……."

300석을 가득 메운 관객석.

앞줄에 앉은 기자들이 예리한 눈길로 그들을 빤히 바라보고 있었다.

그리고, 중앙에 앉은 조승현 실장.

'파이팅.'

관객석과 그리 멀지 않은 무대.

조승현 실장의 입모양을 확인한 상준은, 하마터면 울컥할 뻔했다.

얼마나 이날을 위해 노력했는지, 그는 아니까.

하지만 그것도 잠시.

"와아아아!"

찰칵. 찰칵. 찰칵.

사방에서 터지는 셔터 소리에, 상준은 정신을 잃을 것만 같았다.

상준은 떨리는 손으로 자세를 잡았다.

"탑보이즈! 탑보이즈! 탑보이즈!"

누구보다, 지금 그들의 심정을 이해하기에.

긴장한 멤버들을 향한 응원이 쏟아진다.

상준은 '모닝콜'의 노랫소리를 기다리며 눈을 감았다.

'꿈에 그리던 무대.'

지금 이 순간을, 얼마나 머릿속에 그려왔던가.

"후우……."

거친 숨소리가 불규칙하게 울려 퍼진다.

'아이돌이 그렇게 만만해 보였어? 이따위로 할 거면 때려쳐.'

자신에게 그토록 차갑게 말했던 최 실장도.

'새 멤버라고. 너희도 데뷔해야지.'

인생을 바꿔놓은 기회를 건넨 조승현 실장도.

그리고.

'아, 엄유찬! 과자 뺏어 먹지 말라고!'

'상준이 형, 쟤 연습 안 하는 거 봤지. 봤지? 여기서 내가 젤 성실
하다니깐.'

'저희… 그럼 데뷔하는 거예요?'

함께 연습하며 정든 멤버들까지.
스쳐 지나왔던 모든 얼굴들이 상준의 머릿속을 스쳐 갔다.
그리고 오늘은, 또 다른 얼굴들을 머릿속에 새기는 날이다.
'언제나 곁에서 응원해 줄 팬들.'
그들을 비로소 이렇게 마주하게 되었으니까.
그들을 위해서라도 완벽한 무대를 선보이겠다고.
상준은 자신 있는 미소를 지으며 고개를 들었다.
디리링.
수백 번을 들었던 어쿠스틱의 기타 소리.
'모닝콜'의 첫 소절이 울려 퍼지자, 상준의 눈빛이 180도로 바
뀌었다.
그 위로 얹어지는 멜로디.
떨던 모습도 잠시, 도영이 부드러운 목소리로 치고 나갔다.

아침을 깨우는 소리 잠에서 일어나
너로 인해 시작하는 하루

그렇게.
탑보이즈 역사에 남을 첫 무대가 시작되었다.

제6장

꿈에 그리던 데뷔

쏟아지는 빛줄기.

상준은 침을 삼키며 자신의 파트를 기다렸다.

눈앞에 앉아 있는 수많은 사람들.

그들을 의식하니 점점 심장박동이 빨라졌지만.

'할 수 있다.'

유찬의 감성적인 랩이 도영의 보컬 뒤로 이어졌다.

전화기를 든 채 속삭이는 듯한 부드러운 동작.

그리고 이제, 상준의 차례다.

부드럽게 흘러나오는 목소리.

어제는 어땠어 이런 일이 있었어

오후까지 기다리긴 싫어

드넓은 무대의 중앙에 서서, 정면을 바라본다.
두렵지도 않고 피할 필요도 없다.
「무대의 포커페이스」.
카메라를 향하는 부드러운 시선 처리.
여유가 넘치는 눈길까지.
그 위로 상준의 감미로운 보이스가 얹어진다.

난 아직도 할 말이 많아
그래서 전화했어

"와."
응원을 위해 흔들고 있던 휴대전화의 라이트.
팬들은 라이트를 흔드는 것조차 잊은 채 멍하니 고개를 들었다.
'진짜 대박이다.'
계속 듣고 싶은 목소리.
짧게 상준의 파트가 스쳐 지나가고.
동선을 완벽히 숙지한 상준은 물 흐르듯 자연스럽게 몸을 돌렸다.
연습 때도 크게 관건이었던 부분.

내 얘기를 들어볼래
I wanna hear your voice
아침을 깨우는 story

부드럽게 꺾이면서도 절도 있는 동작을 살려야 하는 파트.

「유연한 댄싱 머신」.

곡선처럼 자연스럽게 이어지는 자신의 몸을 내려다보며, 상준은 감격에 잠겼다.

'예전에는 상상이나 했을까.'

이렇게 수많은 사람들 앞에서.

삐걱이지 않고 선보이는 완벽한 무대.

상준은 미소를 지으며 센터에 섰다.

"쟤가 상준이지?"

"기자들도 난리 났잖아요. 그… 마이픽 때부터."

"아리랑 부를 땐 몰랐는데, 춤도 제법이네."

앞자리에 앉은 기자들이 놀란 눈으로 수군댔다.

하지만, 무대에 온전히 집중한 상준의 귀에는 벅찬 노랫소리만이 전해지고 있었다.

깔끔한 고음을 살려야 하는 하이라이트 파트.

상준은 힘들이지 않고 고음을 소화했다.

'마이픽'에서는 별로 선보이지 못했던 댄스 실력.

그마저도 탄탄한 보컬과 함께 완벽히 보여주는 상준.

"오늘… 여기 오길 잘했다……."

"나, 여기서 누울 거야……."

수많은 경쟁률을 뚫고 쇼케이스 현장에 온 팬들.

이미 넋이 나간 팬들은 감탄만 연신 뱉어내고 있었다.

설렘 가득한 노랫말에 부드러운 눈웃음.

긴장되던 팔다리는 이미 여유를 찾은 상태였다.

카메라를 따라가며 아이 컨택을 하는 여유까지.

그렇게, 끝나지 않을 것만 같던 순간이 끝나고.

"와아아아악!"

"탑보이즈! 탑보이즈! 탑보이즈!"

"수고했어! 너무 잘했어!!"

함성 소리와 동시에 온몸에 전율이 흘렀다.

누가 말을 해주지 않아도 알 수 있었다.

헐떡이는 멤버들의 입가에는 이미 미소가 걸려 있었다.

"허억… 헉."

상준은 숨을 고르며 조승현 실장이 있는 쪽을 돌아보았다.

조승현 실장은 씨익 웃으며 엄지손가락을 치켜들었다.

'잘했어.'

누구라도 인정할 완벽한 무대.

상준은 벅차오르는 감정을 추스르며 싱긋 웃었다.

"앵콜! 앵콜! 앵콜!"

듣기만 해도 설레는 저 한마디.

쇼케이스 현장을 후끈 달아오르게 한 응원 소리와 함께.

"와아아아!"

그들의 첫 무대는 막을 내렸다.

＊   ＊   ＊

"안녕하세요, 탑보이즈입니다!"

우렁찬 멤버들의 인사.

갓 데뷔한 신인 그룹답게 한 치의 흐트러짐도 없는 태도에, 사회자는 너털웃음을 터뜨렸다.

수많은 쇼케이스를 돌아다니다 보니, 직감할 수 있었다.

첫 인사를 싹싹하게 하는 아이돌도 있고, 그 와중에도 긴장한 기색이 완연한 아이돌들도 있다.

물론 이런 상황에선 긴장할 수밖에 없는 게 사람 심리라지만.

'이 녀석들은 되겠구나.'

진심으로 무대를 즐기고 온 눈빛.

사회자는 멤버들의 눈빛에서 가슴 벅찬 설렘을 느낄 수 있었다.

하지만 그는 몰랐을 것이다.

'무서워…….'

멤버들이 무대보다도 인터뷰를 두려워하고 있다는 사실을.

그 사실을 까마득하게 모르고 있던 사회자는 생글거리며 서 있는 멤버들에게 농담을 걸었다.

"어서 앉아요. 해치지 않아요."

"네, 감사합니다!"

그 와중에도 싹싹한 멘트.

사회자는 기분 좋게 웃으며 마이크를 쥐었다.

"자, 우리 탑보이즈 친구들에게 질문하고 싶은 게 몇 가지 있어요."

"넵!"

쉴 새 없이 터지는 셔터 소리.

반짝이는 빛을 따라, 상준은 미소를 지어 보였다.

카메라 촬영에 바쁘던 기자들은 놀란 눈을 끔뻑였다.

"설마, 이쪽 보는 거야?"

"에이, 아니겠지. 신인이."

상준은 생글거리며 열심히 카메라를 따라가고 있었지만.

기자들은 고개를 갸우뚱하며 단순한 우연이라고 생각하고 있었다.

"자."

첫 번째 질문은 리더인 선우의 몫.

사회자가 마이크를 건네며 입을 열었다.

"이렇게 데뷔하니 소감이 어때요?"

휴우.

상준은 안도의 한숨을 내쉬었다.

저 질문이 선우가 아니라 제현에게 갔었다면 분명……

'행복합니다.'

심플한 한마디 대답이 나왔겠지.

다행스럽게도 선우는 침착한 목소리로 대답을 이어갔다.

"아직도 이렇게 데뷔하게 된 게 꿈만 같습니다. 저희 꿈의 첫 발자국인 이 무대를 시작으로, 앞으로 더 좋은 모습 보여 드릴 수 있도록 노력하는 탑보이즈가 되겠습니다."

"이야, 말을 잘하네요."

사회자의 우스갯소리에 상준이 여유로운 미소를 지었다.

그다음은 유찬을 향한 질문.

"팬클럽 이름 후보를 여러 개 받았다고 했는데, 개인적으로는 어떤 이름이 좋았나요?"

쇼케이스 직전에 진행한 유이앱.

거기서 팬들의 의견을 여럿 받았었다.

다보탑부터 에펠탑까지.

각종 탑의 이름이 무수히 쏟아져 나왔던 유이앱 생방송.

"흐음."

유찬은 잠시 고민하며 턱을 쓸어 보였다.

그런 유찬의 옆에서 제현이 그를 빤히 올려다보고 있다.

'어서. 어서.'

자신의 천재적인 아이디어를 말하라는 듯한, 제현의 암묵적인 압박.

너무 빤히 쳐다보니 부담스럽다.

유찬은 피식 웃음을 흘리며 입을 열었다.

"아이, 당연히 다보탑이죠."

"와아아아!"

유찬의 한마디에 팬들의 사이에서 환호성이 튀어나왔다.

역사와 전통을 자랑하는 다보탑.

급기야 팬클럽의 이름이 삼국시대로 돌아갈 지경이다.

제현은 흡족한 얼굴로 끄덕이며 말을 뱉었다.

"그렇죠?"

"그럼요. 제현이가 낸 의견이에요."

"이야, 이 친구가 낸 의견이에요?"

모두가 알지만 격하게 튀어나오는 반응.

"어머 어머, 근사한 의견이네."

"꺄아아아!"

이쯤 되면 팬들과 멤버들이 짜고서 제현이와 놀아주는 기분이다.

평소 무표정을 유지하는 편인 제현이지만, 이 순간만큼은 참으로 해맑게 생글거리고 있다.

"네, 멋진 이름 잘 들었고요. 그러면 이렇게 멋진 의견을 내준

이제현 씨한테 묻고 싶은 게 있는데…….”

사회자는 잠시 대본을 힐끗 보더니 생각에 잠겼다.

─데뷔를 위해 어떤 노력을 했는가.

'너무 대본대로 가면 재미없는데.'

심지어 나올 말도 뻔할 게 분명하다.

실제로 멤버들 역시 조승현 실장이 미리 줬던 대본을 줄줄 외운 상태다 보니, 사회자의 추측도 사실상 맞는 말이었다.

그렇기에.

“이제현 씨는 꿈이 뭐예요?”

쉬우면서도 살짝 다른 질문.

사회자는 부드럽게 웃으며 질문을 던졌다.

어려운 질문도 아니고, 공격적인 질문도 아니다.

쉽게 답할 수 있는 추상적인 질문이긴 하지만.

'연습한 거랑 다른데.'

제현은 잠시 당황한 듯 눈을 굴렸지만, 이내 떠오른 말이 있는지 고개를 까닥였다.

“제 꿈은…….”

제현은 반짝이는 눈으로 당당하게 입을 열었다.

그동안 마음속에 품고 있었지만.

'쉽게 꺼내지 못했던 꿈.'

물론 아이돌로 데뷔하는 것도 또 하나의 꿈이었지만.

지금은 그 꿈에 한 발짝 다가간 상태다.

사람은 안주하지 않고 변해야 하는 법.

고로, 새로운 목표가 생겼다.

"사실 제가 어렸을 때부터 꿈꾸던 꿈이 있는데요."

"이야, 그래요?"

제법 비장한 한마디에, 사회자는 웃으며 고개를 끄덕였다.

막내를 바라보는 흐뭇한 멤버들의 눈길도, 상투적인 말을 뱉을 거라 기대하던 기자들도.

이어지는 한마디에 얼어붙을 수밖에 없었다.

제현의 꿈은 다름 아닌······.

"세계 정복이요."

"아······?"

상준은 당황한 낯빛으로 다급히 마이크를 들었다.

야망으로 가득 차 있는 제현의 폭주를 일단 막아야 했다.

"저는 세계를 정복하는 위대한······."

꿈보다 해몽이라고, 상준의 다급한 목소리가 제현의 말을 포장시켜 놓았다.

"세계를 정복할 수 있는 그런 그룹이 되겠다, 이런 거죠?"

"아, 네네."

푹.

뒤에서 은근히 옆구리를 찌르는 유찬에, 제현이 고개를 끄덕였다.

분명 속마음은 아닌 것 같았지만.

사회자는 너털웃음을 터뜨리며 고개를 끄덕였다.

"우와, 세계 정복 멋있네요. 요즘 한류가 유행인데."

"네, 그렇죠."

"데뷔와 동시에 전 세계를 노리는 신인의 등장입니다!"

와아아ㅡ.

제현의 말을 이상하게 받아들인 사람은 멤버들밖에 없는 모양이다.

상준은 안도의 한숨을 내쉬며 마이크를 내려놓았다.

제현의 헛소리를 뒤로하고 사회자는 능숙하게 다음 프로그램을 진행했다.

"사실, 오늘 이 자리에서 팬클럽 이름이 공개된다고 합니다."

대망의 팬클럽명.

관객석에 앉아 있는 300명의 눈길이 멤버들에게 쏠렸다.

"와아아아!"

"네. 과연 이제현 씨가 추천한 다보탑일지, 아니면 또 다른 이름일지……!"

사실 팬클럽명은 JS 엔터 내부에서 회의에 들어간 내용이다 보니.

멤버들도 전혀 모르고 있었다.

긴장한 기색이 역력한 멤버들이 침을 삼켰다.

스르륵.

무대 뒤의 스크린이 천천히 내려오고.

"두구두구두구."

"두구두구……."

앞으로 탑보이즈를 수호할 팬클럽의 이름.

그 위대한 이름이 밝혀지기 직전,

효과음을 깔던 도영은 이내 눈을 감았다.

사회자가 긴박한 목소리로 손을 휘저었다.

"자, 다들 하나, 둘, 셋, 외쳐주세요!"

팬들과 함께 외치는 목소리.

"하나!"

"둘!"

"셋!"

그리고.

번쩍.

스크린 위로 짧은 한 단어가 떠올랐다.

「온(on)탑」

"와아아아!"

곳곳에서 들려오는 안도의 한숨 소리.

'일단 다보탑은 아니다.'

팬들은 가슴을 쓸어내리며 웃어 보였다.

사회자는 호들갑을 떨며 말을 뱉었다.

"이야, 온탑이군요. 다보탑 못지않게 세련된 이름인데, 혹시 누구 아이디어……?"

"접니다."

상준은 미소를 지으며 손을 들었다.

"꺄아아!"

팬들이 답례로 흔들어대는 불빛의 홍수 속에서.

상준은 떨리는 목소리로 마이크를 잡았다.

"저희가 탑에 올라가는 동안, 항상 그 탑 위에서 저희를 지켜봐 주실 팬 여러분들."

"오……."

"그런 마음을 담아, 이름을 지어보았는데요."

탑 위에서 멤버들을 지켜줄 팬들.

그런 의미를 상징하는 온(on)탑.

상준의 진심이 담긴 목소리에, 팬들 역시 진심 어린 응원을 보내왔다.

"탑보이즈! 탑보이즈! 탑보이즈!"

겨우 데뷔라는 첫발을 디딘 그들이지만, 이런 사람들이 있다는 것에 감사하고 또 감사했다.

상준은 양손으로 마이크를 쥔 채 말을 이었다.

"온탑 여러분들이 있어서 저희가 있습니다. 앞으로도 잘 부탁드립니다."

"와아아아!"

쇼케이스장을 또다시 가득 메우는 함성.

그 함성을 들으니, 자꾸만 가슴이 벅차오른다.

"네, 잘 들었습니다."

가만히 앉아 있던 기자들도 미소를 짓게 할 멘트다.

이때다 싶었는지, 사회자의 마지막 질문이 이어졌다.

"자, 그러면. 이렇게 쇼케이스를 찾아와 주신 팬분들께. '모닝콜' 곡에 대해 짧은 설명 부탁드립니다."

앞으로 몇 달간 음악방송을 함께할, 나아가 탑보이즈의 데뷔곡으로 기억될 노래 '모닝콜'.

당연히 이 질문에 대한 대답도 연습했던 상준이었다.

'모닝콜의 세부 설정까지 달달 외웠는데……'

자신 있다.

자신을 올려다보는 수많은 팬들 앞에서, 상준의 감격한 목소리로 말을 이었다.

문제는.

"모닝콜이라는 노래는……."

"네."

"3분 27초의 곡으로서, 어쿠스틱 베이스에 부드러운 드럼 비트가 인상적인 곡입니다. 또 모닝콜처럼 아침을 깨우는 노랫소리를 지향하는 노래로……."

"예?"

잠시 당황하는 사회자.

'열정이 이성을 앞서고 있어……'

상준은 두 눈을 반짝이며 속사포로 말을 이어갔다.

곡을 간단하게 설명해 달랬더니, 곡 정보를 나열하는 것도 놀라운데.

상준은 이미 스스로의 완벽한 설명에 심취해 있었다.

'머릿속에 곡 정보는 완벽히 입력되어 있으니까.'

뇌에 입력되어 있는 대로 술술 나오는 설명.

"작곡에는 나상준 작곡가님, 편곡에는 정용찬 작곡가님, 마지막으로 작사는……."

"푸흡."

사이드에 앉아 있던 도영이 참지 못하고 웃음을 터뜨렸다.

유찬은 이미 잔뜩 신난 목소리로 도영에게 속삭였다.

"야, 나상준 작곡가님이래."

"아. 형, 파이팅이다. 진짜."

"저거는 정말 평생 놀림감인데."

벅차오르는 감정 탓에 본인이 무슨 말을 꺼내는지도 모르는 채.

상준은 또박또박 '모닝콜'의 설명을 마쳤다.

그 와중에도 정확한 마무리.

"잘 부탁드립니다."

"……."

짝짝짝.

우레와 같은 박수 소리.

신이 난 사회자가 우렁찬 목소리로 상준의 말을 받아쳤다.

"이야, 나상준 작곡가님!"

"네… 네?"

그제야 자신이 무슨 짓을 저질렀는지 깨달은 상준.

하지만, 이미 때는 늦었다.

모두가 한마음으로 함성을 쏟아내고 있었으니.

"작곡가! 작곡가! 작곡가!"

"아……."

그렇게, 또 하나의 흑역사가 생겨 버렸다.

＊　　　　＊　　　　＊

"워후, 상공지능!"

"아이고, 작곡가님 오셨군요."

망할.

상준은 착잡한 표정으로 고개를 떨구었다.

괜히 말실수를 한 번 하는 바람에 이 지경이 되었다.

―상공지능ㅋㅋㅋㅋㅋㅋㅋㅋ

　ㄴ나 진짜 박스비인 줄 알았음

　ㄴ더 똑똑한 거 같음

　ㄴ두 번 죽이네 아ㅋㅋㅋㅋㅋㅋ

　ㄴ안녕하세요. 상공지능입니다. 띠리링. 부르셨습니까?

　ㄴ3분 27초의 곡을…….

―꺄아아아아아ㅏ아아 작곡가님!!!

　ㄴ그만 놀려라

　ㄴㅋㅋㅋㅋㅋㅋㅋㅋ

　ㄴ놀리는 게 재밌지

　상준의 이름에 인공지능을 덧붙인 새로운 별명에, 본인의 입으로 내뱉은 작곡가라는 명칭까지.

　상준은 휴대전화를 내려놓고 고개를 파묻었다.

　"에이, 왜 그래. 다 칭찬이구만."

　"그러엄. 인공지능이 얼마나 좋아. 사실 형이 인간인 게 인류에게 실례였던 거지."

　오랜만에 건수를 잡은 동생들이 미쳐 날뛰고 있었다.

　지난번 앞구르기 건으로 한참을 놀려댔는데 이번엔…….

　'몇 년 치 놀림거리려나.'

하필 데뷔 쇼케이스 현장이다.

평생을 놀려도 할 말이 없다.

상준은 짙은 한숨을 내쉬며 고개를 돌렸다.

이미 엎질러진 물인 이상 피할 수도 없다.

그렇게 상준이 해탈한 얼굴로 앉아 있었을 즈음.

"얘들아!"

진정한 이 시대의 구원자.

송준희 매니저가 문을 박차고 들어왔다.

"쇼케이스 잘했어."

"완전 잘했고. 상준이 형은 최고로 잘했죠."

"저… 저."

이때다 싶어서 해맑게 덧붙이는 도영.

상준은 주먹을 부들대며 도영을 노려보았다.

앞자리에서 실시간으로 상준의 실수를 지켜본 송준희 매니저.

송준희 매니저는 호탕하게 웃으며 말을 더했다.

"쇼케이스의 큰 획을 긋고 왔던데."

"하하……. 이런 쪽으로 그으려던 건 아니었는데."

쥐구멍에라도 들어가고 싶은 심정이다.

상준은 씁쓸한 표정을 짓다가 이내 고개를 벌떡 들었다.

송준희 매니저의 손에 들린 종이 박스를 발견했기 때문이었다.

그 안으로 살짝 보이는 짙은 갈색의 비주얼.

"헐. 케이크! 케이크!"

달달한 걸 좋아하는 제현이 즉각적으로 일어났다.

늘 꾸물대는 제현이지만 이럴 때만 빠르다.

송준희 매니저는 멤버들의 등을 떠밀었다.

"자, 옆 연습실로 가자."

"옆 연습실이요?"

굳이 여기서 먹어도 되는 걸 왜 끌고 가냐고 투덜대면서도 멤버들은 곧잘 따랐다.

불이 꺼져 있는 연습실.

아무 생각 없이 연습실에 들어선 상준은, 고개를 돌리며 꺼진 전원을 켰다.

그 순간.

"와아아아!"

귓가를 가득 메우는 함성.

불이 켜진 연습실 안을 확인한 상준의 눈이 번뜩 떠졌다.

JS 엔터에서 봤던 익숙한 얼굴들.

"이야."

조승현 실장과 유지연 선생, 트레이너 선생님들.

심지어 JS 엔터의 직원들까지도 색색깔의 풍선을 들고 서 있었다.

"와……."

멤버들이 놀란 눈으로 우두커니 서 있는 사이, 조승현 실장이 대표로 입을 열었다.

"데뷔 축하한다."

"와아, 뭐예요? 진짜 놀랐잖아요!"

"앨범 나온 거 알지?"

자정에 나온 앨범.

멤버들은 감격한 표정으로 고개를 끄덕였다.

"그럼요. 오면서 다 듣고 왔어요."

"노래 엄청 잘 뽑혔던데."

"잘 부르더라."

상준은 씨익 웃으며 익숙한 얼굴들에 고개를 숙였다.

"여튼 와주셔서 진짜 감사해요."

'탑보이즈 데뷔 축하'.

벽에 걸려 있는 플래카드 위로 화려한 장식들이 여기저기 걸려 있었다.

쇼케이스를 하는 와중에 이런 것까지 준비하다니.

'감사하다.'

그 감사한 마음을 차마 말로 설명할 수 없어서.

상준은 울컥한 얼굴로 고개를 끄덕였다.

송준희 매니저는 웃음을 터뜨리며 초코 케이크를 꺼내 테이블 중앙에 올려놓았다.

"달달한 게 당길 거 같아서."

"아?"

이미 손을 가져가는 제현.

선우가 다급히 제현의 손을 막았다.

"촛불, 촛불 불어야지."

"아."

납득하며 고개를 끄덕이는 제현.

쪼르르 달려간 도영이 다시 불을 끈다.

캄캄한 어둠 속에서 송준희 매니저가 붙인 촛불이 활활 타올랐다.

"후우."

연기와 함께 사그라드는 촛불.

상준은 촛불을 끄며 해맑게 웃었다.

"이야, 이제 데뷔 가수네. 너네 이제 연습생 아니야."

"그러게요."

도영은 잔뜩 신이 나 얼굴로 고개를 끄덕였다.

그사이, 보란 듯이 태블릿 하나를 들고 온 유지연 선생.

"내가 너네 아까 쇼케이스 하는 거 다 녹화해 놨거든."

"오오, 무대도요?"

"응. 인터뷰도."

그러고는 빤히 상준을 향하는 시선.

"크흠."

상준은 헛기침과 함께 고개를 떨구었다.

붉어진 귀를 손으로 만지작거리며 상준이 말을 뱉었다.

"굳이 인터뷰까지는 찍으실 필요 없는데."

"에이. 그게 제일 중요한데?"

이렇게 유지연 선생마저 배신할 줄이야.

도영이 배를 잡으며 꺄르르 웃어댄다.

상준은 지그시 입술을 깨물며 화면으로 시선을 돌렸다.

내 얘기를 들어볼래
I wanna hear your voice

모니터 너머로 보이는 퍼포먼스지만.

정말 기성 아이돌이라고 해도 믿을 법한 말끔한 퍼포먼스.

모니터링을 하던 멤버들의 입이 벌어진다.

"야, 생각보다 너무 잘했는데?"

"내 말이. 유찬이 웃는 거 봐. 신박하게 소름 돋네."

"차도영 뒤질래."

어김없이 투닥대는 둘.

유지연 선생의 입꼬리가 부드럽게 올라갔다.

"칭찬해 줄랬더니만 알아서 자화자찬하고 있네."

"칭찬해 주세요!"

해맑은 제현의 한마디에 유지연 선생이 고개를 끄덕였다.

아까, 탑보이즈의 데뷔 무대를 봤을 때.

그 가슴 벅찬 설렘을, 유지연 선생도 잊을 수 없었다.

'정말 잘했으니까.'

데뷔 전부터 멤버들을 봐왔던 유지연 선생이다.

데뷔가 무산되어 힘들어하던 멤버들의 모습도, 다시 희망을 갖고 최선을 다해 준비하던 멤버들의 모습도.

'마이픽까지.'

좌절할 법한 수많은 장애물 앞에서도 쉬지 않고 노력한 결과가.

이렇게 나타나고 있었다.

사실…….

'그동안 연습했던 그 어떤 무대보다…….'

실전이 빛났다.

실수하던 부분도 조금의 흐트러짐 없이 말끔했고.

춤 쪽에는 일가견이 없는 그녀가 보기에도 완벽한 동선이었다.

노래 실력이야 말할 것도 없고.

"아, 상준아."

유지연 선생은 생각난 듯 고개를 돌렸다.

"너, 솔로 무대 한 거 있잖아."

아리랑과 메탈 공연.

쇼케이스에서도 당연히 관련 퍼포먼스에 대한 요청이 이어졌지만.

상준은 다행히도 멀쩡한 수록곡 무대를 선보였다.

"그거 반응 좋더라."

쇼케이스가 끝나고 인터뷰 영상과 짤막한 공연 무대 영상들이 올라갔다.

타이틀곡 무대에 이어 화제의 인터뷰 영상이 2위를 차지했고.

세 번째가 바로 상준의 솔로 무대였다.

고작 세 시간밖에 지나지 않았음에도 타오르는 화력.

유지연 선생은 조심스럽게 입을 열었다.

"사실 아까 내가 전화를 받았거든."

"전화?"

유심히 대화를 듣고 있던 조승현 실장이 놀란 눈으로 고개를 들었다.

유지연 선생은 고개를 끄덕이며 말을 이었다.

"나, 아는 선배 있잖아."

원형석.

대가수라고 불릴 정도로 화려한 경력을 지닌 가요계의 큰 별.

상준은 영문을 모르겠다는 표정으로 유지연 선생을 바라보았다.

"아니, 아까 쇼케이스 끝나고 나서 전화가 온 거야. 내가 우리 애들 데뷔한다고 슬쩍 말을 흘려놨었거든."

유명한 입지답게 능력도 많은 선배다.

"다름 아니라 그쪽에서 하는 음악프로에 한번 출연하는 거 어떻겠냐고."

"음악프로? 원형석이 하는 거?"

그 음악프로라면 유명하다.

조승현 실장은 흥분한 얼굴로 말을 뱉었다.

신인은 들어가기도 힘든 프로다.

"그걸 자리를 구한 거야?"

매주에 한 번씩 녹화가 진행되지만, 그때마다 관객석이 모두 매진될 정도로 믿고 보는 무대.

실력파 가수들만 나오는 그 무대에 자리가 생겼다니.

조승현 실장은 감격에 찬 얼굴로 말을 뱉었다.

"이야, 내가 당장 연락해 볼 테니까."

"그런데."

"어?"

"솔로로 오라는데."

유지연 선생의 한마디에 조승현 실장은 잠시 멈칫했다.

물론 상준을 혼자 내보는 것만으로도 충분히 남는 장사긴 했다.

갓 데뷔한 신인 그룹을 홍보하기 위해서, 센터로 내세울 한 명을 띄우는 것.

실제로 대부분의 기획사에서 하는 전략이긴 하니.

"으음."

조승현 실장은 고개를 돌려 멤버들을 살폈다. 좋은 소식이라는 듯 따라서 들뜬 모습.

"완전 좋은 기회인데. 갔다 와."

선우는 특유의 사람 좋은 웃음으로 고개를 끄덕였다.

신인들에게는 꿈의 무대나 다름없는 「원형석의 뮤직스튜디오」.

상준 혼자 제안을 받은 거에 질투할 법도 한데, 다른 멤버들은 의외로 납득이 간다는 반응이다.

"가서 신곡 홍보하고 와."

"좋네."

고개를 까닥이는 도영.

잠시 걱정하던 조승현 실장도 미소를 지으며 고개를 돌렸다.

다른 멤버들이 행여 상처받을까 얘기를 꺼내기 애매했지만 이렇게 밀어준다면야.

'이게 모두를 위한 것이기도 하고.'

"아마 신인이라서 분량을 많이는 못 줄 거야. 그래도 얼굴 잠깐 비치는 것만으로도 좋은 기회니까."

실력파 아이돌.

사실상 그 프로에 출연한다는 것부터 그런 이미지를 충분히 새겨줄 수 있는 좋은 기회다.

다른 음악방송과 달리 백 프로 라이브로 진행된다는 점이 특히 그랬다.

신인들은 충분히 긴장할 법한 환경이지만.

'상준이는 잘할 테니까.'

조승현 실장은 그렇게 믿었다.

하지만.

"싫어요."

"어… 어?"

상준의 입에서 튀어나온 한마디에, 연습실 내로 정적이 흘렀다.

유지연 선생이 두 눈을 끔뻑이며 다급히 말을 뱉었다.

"왜? 너, 이 프로그램 몰라?"

"알아요."

더할 나위 좋은 기회라는 것도, 자신에겐 과분한 기회라는 것도.

모두 알고 있다.

그럼에도.

"혼자 나가긴 싫어요."

"……"

다른 건 몰라도 음악방송만큼은, 혼자 나가고 싶지 않았다.

'탑보이즈'의 홍보차 나가는 프로그램이라면 더더욱.

상준은 단호하게 말을 이었다.

"어떻게 저 혼자서 모닝콜을 소화해요. 혼자서 할 수 있는 노래가 아닌데."

"그거야 뭐 편곡을 하든가……"

"그건 진짜 저희의 노래가 아니잖아요."

멤버들 모두가 모여서 하나로 만들어지는 퍼포먼스.

다섯 명 중에 한 명이라도 빠지게 된다면 지금의 모닝콜이라고 할 수 있을까.

'다섯 명의 색깔.'

그 색깔이 고스란히 녹아들어 간 노래들을 엮어놓은 게 '탑보이즈'의 데뷔앨범이다.

더욱이 첫 음악방송 스케줄에 멤버들을 놔두고 나가고 싶지 않았다.

조승현 실장은 미소를 지으며 고개를 끄덕였다.

"그래."

"만약 저희가 떳떳한 성적을 거두게 된다면."

"어?"

상준은 굳은 표정으로 입을 열었다.

차트 인을 해도 기적이라고 할 수 있는 게 신인이다.

그런데, 상준은 다소 다른 곳을 바라보고 있었다.

"음원 성적이 좋으면, 저희를 부르겠죠?"

조승현 실장은 다소 당황한 눈길로 상준을 돌아보았다.

"뭐, 그거야 그렇겠지만. 그쪽에서 취급해 주는 성적이려면……."

"그럼 그때 나갈래요."

저렇게 단호한데 말릴 수는 없다.

조승현 실장은 피식 웃음을 흘리며 말을 뱉었다.

"그래, 네 편한 대로 해. 그 프로그램이 그렇게 만만한 곳은 아니다만."

"알아요. 사실상 1위 하는 실력파 가수들만 부르는 곳이니까."

괜히 그 명성이 지금까지 유지되고 있는 게 아니었다.

게다가.

'갓 데뷔한 신인이 눈에 띄려면…….'

부르는 곳은 족족 나가야 한다.

하나하나의 방송과 스케줄이 모두 기회니까.

유지연 선생이 상준에게 늘 꺼냈던 소리였다.

"으음……."

갓 데뷔한 신인이 실시간 순위 100등 안에 드는 것조차 어려운 게 이 가요계다.

그중에서도 「원형석의 뮤직스튜디오」는 신인이 내걸 자리가 전혀 없는 곳이고.

"알긴 아네."

조승현 실장이 그 사실을 일깨워 준 이유는 하나였다.

'괜히 실망하면 안 되니까.'

첫걸음을 떼는 것도 중요하지만, 앞으로 나아갈 걸음이 배로 더 중요하다.

초반부터 지쳐서 헐떡대면 긴 레이스를 펼칠 수 없다는 걸 누구보다 잘 알기에, 조승현 실장은 미소를 지으며 말을 돌렸다.

"너네 블랙빈 첫 순위가 90위였던 거 알아?"

"90위요?"

"그렇게 1년 지나서, 걔네가 1등 먹은 거야. 너네라고 못 할 거 없어."

"와."

멤버들 사이에서 탄성이 튀어나온다.

"90등에서 1등까지요?"

앨범 순위 발표를 앞둔 상황.

탑보이즈의 목표도 바로 그 '차트 인'이다.

50위권 안에만 들어준다면 더 바랄 것도 없고.

'그 프로그램에서 당연히 쳐다도 안 볼 순위겠지만.'

상준은 조금 다른 곳을 보고 있었다.

"왠지 할 수 있을 거 같아서요."

"뭐?"

허공을 보는 눈빛이 짙은 열망으로 바뀌어갔다.

상준은 담담한 얼굴로 말을 뱉었다.

"거기서 저희, 단체로 출연해 주면 안 되냐고 조르지 않을까요?"

"너희를?"

"그럼요."

피식 웃어 보이는 상준.

어딘가 나온 자신감인가 싶어, 조승현 실장도 따라 웃는다.

"그래, 나중에 그런 톱스타가 되면 되지."

조승현 실장이 호탕한 웃음소리와 함께 말을 흘리던 순간.

상준이 놀란 눈으로 고개를 돌렸다.

"헐."

1시를 향해 가고 있는 벽시계.

앨범은 자정으로부터 정확히 한 시간 뒤인 정각 1시에 첫 순위가 발표된다.

상준이 그 사실을 인지한 순간.

벌컥—.

"허억… 헉."

급하게 뛰어오는 발소리.

연습실 문을 열어젖힌 스태프가 거친 숨을 몰아쉬며 말을 뱉었다.

지금 시각 12시 59분.

"순위! 순위 나왔는데요?"

*　　　*　　　*

"57위……?"

모니터를 확인한 멤버들은 놀란 눈으로 고개를 들었다.

차트 인만 했으면 좋겠다던 바람은 예상외의 성적을 불러왔다.

갓 데뷔한 신인 아이돌이 첫 진입 57위를 하다니.

"얘들아, 얘들아!"

"와아아아!"

"이거 꿈 아니죠?"

조승현 실장은 호들갑을 떨며 두 눈을 비볐다.

90위로 스타트했던 블랙빈과 비교해도 월등한 성적.

그 와중에도 쇼케이스 무대의 조회수는 폭풍적으로 늘어가고 있었다.

'기존의 팬층'.

거기에 더해진 JS 엔터의 영업력.

조승현 실장은 흐뭇한 미소를 지으며 입을 열었다.

실시간으로 오르는 뮤직비디오 조회수만 해도 가파른 성장세를 증명하고 있었다.

"진짜 대박이다."

"그러게요."

상준은 고개를 끄덕이며 말을 뱉었다.

차트 인이 얼마나 어려운 일인지 알기에, 지금 눈앞에 보이는 저 차트 안에 그룹의 이름이 들어가 있다는 것만으로도 큰 감격이었다.

'정말 데뷔했구나.'

이제야 실감이 난다.

상준은 음원차트를 한참 동안 응시하며 감격에 잠겼다.

이미 늦은 시간.

조승현 실장이 다급히 멤버들의 등을 떠밀었다.

"다들 어여 자."

"아니, 어떻게 자요. 실장님!"

도영이 볼멘소리로 늘어졌다.

계속 새로고침을 하면서 주시하는 음원차트.

실시간검색어는 어떤지, 댓글 반응은 또 어떤지.

궁금한 것도, 보고 싶은 것도 많다.

"조금만, 조금만요."

"너네 내일 음악방송 있는 거 몰라?"

쇼케이스가 아닌, 정식 음악 데뷔 무대.

내일 아침부터 사전 녹화에 들어가야 하니 지금 자도 전혀 이르지 않다.

조승현 실장의 냉정한 한마디에 멤버들은 못 이기는 척 일어났다.

"기대해. 내일은 더 올라 있을지도 모르니까."

조승현 실장의 한마디를 끝으로.

멤버들은 잠이 오지 않는 밤을 맞이했다.

＊　　　　＊　　　　＊

"형……."

"꾸엑."

"아니, 차도영 저 자식부터 깨워."

제대로 잠을 자지 못한 유찬이 부스스한 머리로 자리에서 몸을 일으켰다.

자신은 잠도 못 자서 죽을 지경인데, 태평하게 잠꼬대를 하고 있는 도영이라니.

유찬은 혀를 차며 메이크업을 받았다.

"쯧쯧. 어제 잠도 안 자더니만."

"형도 안 잤잖아."

어김없는 제현의 팩트 폭력.

유찬은 헛기침을 하며 변명했다.

"야, 형은 잠이 안 온 거고, 쟨 안 잔 거고."

분주하게 사람들이 오고 가는 대기실.

자신을 욕한 걸 본능적으로 직감했는지, 잠시 눈을 붙이고 있던 도영이 귀를 긁적이며 일어났다.

"으어……?"

"……."

"누가 내 욕했나. 귀가 간지러워서 깼네."

"정확히 들었네."

선우가 뱉은 말에, 도영이 귀신같이 유찬 쪽으로 돌아보았다.

"음음."

유찬은 콧노래를 흥얼거리며 도영의 시선을 피했다.

두 시간 뒤면 사전녹화 무대다.

사실상 거의 새벽에 도착해서 메이크업까지 받아둔 상태.

신인답게 아직 방송 초반에 무대가 주어진 데다가, 겨우 하나뿐인 무대 일정이지만.

"첫 무대……."

멤버들은 이미 최선을 다할 준비가 되어 있었다.

차가운 물병으로 양 볼을 식히고 있는 도영의 눈길이 상준에게 향했다.

"형, 이 와중에도 연습?"

"그러엄."

실수하면 안 된다. 마지막까지 죽어라 하는 연습.

그런데.

'노래 연습을 하는 줄 알았건만.'

웬 말을 중얼거리고 있다.

"이거 시작하기 전에 잠깐 인터뷰 딴다잖아. 아까부터 저렇게 연습하고 있더라."

유찬이 깔깔대며 말을 얹었다.

상공지능이라는 또 하나의 별명을 갖게 된 덕에, 상준의 열정적이던 연습은 초월의 경지에 다다랐다.

"3분 27초가 아니라… 아악. 이런 쓸데없는 소리는 왜 한 거야?"

아무리 떠올려 봐도 생각나는 건 흑역사뿐.

상준은 머리를 쥐어뜯으며 부드러운 방향으로 말투를 바꿨다.

이럴 바엔 차라리 언변술 재능을 대여하는 건데.

'일단 두고 보자.'

괜히 다른 예능이 잡혀 버리면, 성급히 반납한 재능은 3일 동안 쓸 수 없는 상태가 되어버리니 신중할 수밖에 없었다.

푸르르.

상준은 입술을 떨고는 인터뷰 연습에 다시 들어갔다.

"후우. 모닝콜처럼 아침을 깨우는 부드러운 노래를 지향하고 싶습니다."

그 순간.

복도 저 뒤로 유지연 선생의 목소리가 울려 퍼졌다.

"선배, 다름이 아니라……."

원래라면 여기까지 따라오는 건 그녀의 몫이 아니었지만.

탑보이즈 첫 무대가 퍽 걱정돼서 일까.

한달음에 달려온 유지연 선생이 심각한 얼굴로 통화를 하고 있었다.

'무슨 일이지?'

잠시 그녀를 빤히 돌아보던 상준은 고개를 돌렸다. 연습을 마저 하기에도 부족한 시간이다.

좀 더 집중해야 했다.

"모닝콜처럼 아침을 깨우는 부드러운……. 아 너무 딱딱하게 말하는 것 같은데."

쾅.

아까부터 의아한 눈길로 바라보던 상준이 행여 들을까, 유지연 선생은 문을 걸어 닫으며 다시 전화를 받았다.

"네, 선배님."

―뭐래? 당연히 온대지?

수화기 너머로 자신감에 찬 목소리가 들려왔다.

「원형석의 스튜디오」.

최고의 음악방송 프로그램답게, 출연자가 거절했을 거라는 생각은 하지 않는 모양새다.

하지만.

'거절해야 하는데.'

유지연 선생은 난처한 표정으로 조심스럽게 입을 열었다.

"그게……."

―왜?

"혼자는 싫대요."

폭탄처럼 던진 한마디.

수화기 너머로 침묵이 이어지자, 유지연 선생은 초조한 얼굴로 입술을 잘근거렸다.

그것도 잠시.

푸하하.

수화기로 너머로 호탕한 웃음소리가 울려 퍼졌다.

―아니, 무슨 물가에 내놓은 어린애도 아니고. 혼자선 왜 싫대? 무섭대?

"그게 아니라……."

유지연 선생은 뒷말을 이어갈까 고민하다가 입을 열었다.

"떳떳한 성적을 거두게 되면, 그때 단체로 가고 싶대요."

—…어?

혼자 가는 게 껄끄러울 수 있다.

갓 데뷔한 신인이니만큼 그룹에 애착이 있을 수도 있고.

거기까지는 이해했는데.

—성적?

껄껄.

수화기 너머로 웃음소리가 다시 울렸다.

흥분한 탓에 붉어진 얼굴로, 원형석은 넌지시 말을 던졌다.

—아니, 신인이 무슨 성적을 거둬?

"아, 그게."

혹시 기분이 나빴을까 봐 유지연 선생은 다급히 좋은 말로 포장했다.

"떳떳한 순위가 되어서 좋은 음악방송에 참여하고 싶다고 그렇게 말하더라고요."

사실 원형석은 전혀 기분이 나쁘지 않았다.

그렇게 포장하는 유지연 선생의 의중까지도 알아챘으니.

원형석이 웃음을 터뜨린 이유는 따로 있었다.

"내 프로그램을 깠단 말이지."

그것도 갓 데뷔한 신인이.

'걔 정말 대단한 녀석이라니깐요. 제 말 한번 믿어보세요.'

음악 프로듀서, 하윤재.

'모닝콜'의 녹음도 함께 했던 그는 원형석과도 안면이 있는 사이였다.

'뭘 상상하시든 예상 밖일 겁니다, 선생님.'

―정말 예상 밖이네.

"……."

원형석은 하윤재의 안목이 정확히 맞았음을 직감했다.

무슨 이유에서 자신의 프로그램을 걷어찼는지는 모르겠지만, 괜한 호기심이 동한다.

―보기 드문 대단한 녀석이네.

"예?"

유지연 선생은 이해 못 하겠지만.

원형석은 흐뭇한 미소를 지으며 말을 덧붙였다.

―별소리 아니야.

"아, 네."

―그냥…….

언제 한번 단체로 다시 보자고.

"곧 볼 일이 생길 것 같구만."

*　　　　*　　　　*

쇼케이스와는 비교도 되지 않는 큰 무대.

음악방송 데뷔 무대를 성공적으로 마친 멤버들이 헐떡이며 내려왔다.

'탑보이즈! 탑보이즈! 탑보이즈!'

그들의 이름을 애타게 부르던 팬들의 함성 소리.

상준은 기분 좋은 미소를 지으며 직전의 무대를 모니터링했다.

무대 직전의 인터뷰도 성공적으로 마무리했고, 무대도 흠잡을 데가 없다.

"신인치곤 엄청 잘했어."

"그렇죠."

"아, 아니다."

유지연 선생은 단호하게 고개를 저으며 말을 바꿨다.

"신인치고 잘한 게 아니라, 그냥 완벽하게 잘했어."

엄지손가락을 치켜세우는 유지연 선생 덕에, 도영이 생글거리며 말을 이었다.

"에이, 너무 띄워주시는 거 아니에요?"

"야, 너네. 내가 언제 거짓말하는 거 봤어?"

"크으. 많이 봤죠."

"이걸 이렇게?"

황당하다는 듯 웃음을 터뜨리는 유지연 선생.

이제 그녀도 트레이닝을 하러 돌아가 봐야 한다.

"그래, 남은 스케줄도 잘 끝내고."

"네, 감사합니다!"

송준희 매니저에게 가볍게 인사를 건네고, 유지연 선생은 유유히 현장을 떠났다.

콧노래를 흥얼거리며 대기실로 돌아가는 멤버들.

"모니터링도 완벽히 소화했고, 이제 라디오 스케줄만⋯⋯."

첫날부터 스케줄이 빡센데도 불평하는 멤버들이 없다.

바쁜 게 얼마나 감사한 일인지 신인들은 알기에.

잔뜩 신이 난 멤버들의 발걸음이 복도를 누빌 때였다.

"어⋯⋯?"

도영이 당황한 낯빛으로 제자리에 멈춰 섰다.

도영의 눈길을 따라 시선을 돌리는 상준.

그 자리에는 익숙한 얼굴이 여럿 서 있었다.

세이원 멤버들.

"아, 안녕하십니까!"

마음에는 안 들어도 선배는 선배다.

컴백 시기가 오묘하게 겹치는 바람에 이런 곳에서 마주쳐 버렸다.

형형한 눈빛으로 노려보는 탓에, 우렁찬 인사만 건네고 빠질 생각이었는데.

"잠깐만."

노랑머리가 당당하게 시비를 걸어온다.

불쑥 멤버들을 따라 '탑보이즈 대기실'에 들어오는 선배들.

노랑머리는 주머니에 손을 찔러 넣은 채 대기실을 쓰윽 살폈다.

"아주 그냥 기분이 좋으시겠어? 우리 때는 이런 단독 대기실도 따로 없었는데."

지난번엔 도영의 뛰어난 언변술로 그냥 넘어갔지만.

'등신아, 넌 잘해준다고 그냥 홀라당 넘어가냐?'

멤버들에게 각종 욕지거리를 들은 후라, 그때보다 더 악에 받친 그다.

"허어. 기가 막혀."

여러 가수들이 동시에 대기하는 대기실.

신인이라면 그런 곳에서 대기하는 경우도 비일비재했지만, 마이픽으로 인지도를 높인 데다가 음원 순위도 퍽 괜찮은 상태였던 탑보이즈.

거기에 조승현 실장의 입김이 들어간 덕에 단독 대기실을 얻어낼 수 있었다.

"하, 어이가 없네."

새파란 신인이 이런 대우를 받다니.

세이원 멤버들은 그마저도 화가 치밀어 오르는 모양이었다.

게다가.

'무대도 우리가 앞 순서.'

음악방송 무대의 앞 순서일수록 상대적으로 인지도가 적은 팀이 나오는 경우가 많다.

그것도 어정쩡한 시간대에 끼어버린 세이원이다.

'우리는 차트 인도 못 했는데.'

자격지심 때문일까.

차디찬 목소리가 절로 튀어나왔다.

"야, 너들 의기양양하나 본데. 괜히 지금 순위 믿고 깝쳤다간……"

"나가주세요."

담담한 표정으로 말을 뱉은 건 송준희 매니저였다.

애써 침착한 목소리임에도 가시가 박혀 있는 듯한 말.

이래 가지고는 밀리겠다 싶었는지, 옆에 가만히 서 있었던 다른 세이원 멤버도 말을 거들었다.

"와. 같은 소속사 선배가 응원차 잠깐 들르는 것도 안 돼요? 거참 꽉꽉하네."

"응원차 들른 게 아니잖습니까."

자신이 맡은 연예인이라면 자신이 지켜야 했다.

평상시엔 2프로 부족한 송준희 매니저지만 지금만큼은 칼같았다.

한 치의 물러섬도 없는 싸늘한 눈빛.

상준은 침을 삼키며 둘을 번갈아 바라보았다.

그 순간.

'그때, 그 남자.'

상준에게 물을 떠 오라 시켰던 남자가, 상준을 노려보며 피식 웃음을 흘렸다.

"야."

"왜 애들한테 시비를……."

송준희 매니저가 다시 막아서기도 전에, 남자가 말을 이었다.

악에 받친 듯한 한마디.

"니들이 블랙빈급이 될 수 있을 것 같아?"

갑자기 튀어나오는 블랙빈의 이름.

상준은 당황한 표정으로 인상을 찌푸렸다.

남자는 조소를 머금은 채 말을 이었다.

"제2의 블랙빈? 엄청 광고 기사 때려대던데."

"……."

"블랙빈이 니들을 라이벌이라고 생각할 거 같아? 걔네는 네 존재도 모를……."

그 순간.

벌컥―.

대기실의 문이 열리고.

"어… 어?"

의기양양하던 남자의 얼굴이 그대로 일그러졌다.

문을 열고 들어온 건…….

"안녕하십니까!"

떠오르는 아이돌, 블랙빈.

우렁찬 목소리로 송준희 매니저에게 건네는 인사에, 남자는 얼떨떨한 얼굴로 고개를 돌렸다.

"어… 그러니까 이게……."

블랙빈 얘기를 하고 있었는데 갑자기 블랙빈이 나타날 줄이야.

당황한 얼굴로 어버버하고 있던 남자는, 뒤이은 한마디에 까무러치도록 놀랐다.

블랙빈의 리더, 차은수.

각종 방송에서 러브 콜을 받는 저 대단한 녀석이.

"여어, 상준이 형 안녕?"

"어, 오랜만이네."

마치 오랜 친구를 만난 듯한 친숙한 대화.

남자는 충격받은 얼굴로 고개를 떨구었다.

"아니……"

'이게 무슨 개같은 상황이야.'

*　　　　*　　　　*

"이야, 둘이 아는 사이였어?"

도영이 놀란 눈으로 자리를 박차고 일어났다.

남자는 몰랐겠지만, 블랙빈의 차은수와 도영이 형제 사이라는 걸 아는 멤버들은 곧바로 납득하는 기색이었다.

그런데.

"상준이 형이랑 아는 사이일 줄은 몰랐는데."

"자주 놀러 가고 그랬어."

상운이 JS 엔터에서 연습생 생활을 할 때, 가장 친한 형을 꼽으라면 항상 차은수를 말하곤 했다.

그렇게 오래도록 안면이 있는 사이다 보니.

"잘 지냈어?"

"뭐, 바쁘게 살았지."

오랜만에 만나도 스스럼없이 인사를 나눌 수 있는 사이가 되었다.

차은수는 고개를 든 채 남자를 돌아보았다.

"아, 아까 블랙빈 얘기가 들렸었는데."

"인사는 안 하냐?"

괜히 찔리는 구석이 있던 남자가 인상을 찌푸리며 말을 뱉었다.

갑작스럽게 보이는 공격적인 태도에 차은수가 건성으로 고개를 숙였다.

"아, 예. 안녕하세요."

"뭐… 뭔."

남자는 붉어진 얼굴로 주먹을 움켜쥐었다.

하지만.

'못 덤비네.'

상준은 조소를 머금은 채 남자를 돌아보았다.

이미 대세임이 입증된 블랙빈.

차마 블랙빈 앞에서는 패기를 부리지 못하는 거겠지.

아무리 선배라고 해도, 가요계에서 사실상 무의미한 입지를 지닌 세이원이 차은수를 건드릴 수 있을 리 없었다.

"우… 우리는 가본다. 후배들, 열심히 하고."

"아, 예."

본인들도 머쓱한지 일그러진 표정으로 떠나는 세이원 멤버들.

문이 닫히기가 무섭게 차은수가 말을 뱉었다.

"엄청 갈구지?"

"뭐, 그렇지."

블랙빈이 뜨기 전에도 저 자세 그대로였다.

아니, 오히려 더했다면 더했다.

그때는 세이원 멤버들이 회사에 불만이 가장 많았던 때니까.

자신들을 똑바로 밀어주지 않고, 새로운 보이 그룹을 들이밀다니.

'세이원이 대차게 망하긴 했지.'

JS 엔터에 들어오기 전까지, 찾아보지 않았더라면 상준도 몰랐을 정도로.

세이원은 거의 인지도가 없다시피 했다.

'상운이도 엄청 갈궜겠네.'

지금 생각해 보니까 화가 치밀어 오른다.

상운은 늘 좋은 얘기, 행복한 얘기만 상준에게 전해줬으니.

상준은 미묘한 표정을 지으며 고개를 떨궜다.

그 순간.

잠시 상준의 눈치를 살피던 차은수가 입을 열었다.

"상운이는 어때?"

"아, 형. 왜 그래, 갑자기."

뒤에 서 있던 도영이 당황한 눈빛으로 팔을 휘저었다.

다급히 차은수의 앞을 막아서는 도영.

"미안, 형이 눈치가 없어서."

쉽게 꺼내기엔 너무도 조심스러운 얘기.

분명 차은수가 생각 없이 꺼낸 얘기라고 도영은 생각한 모양이지만.

상준은 알았다.

"……."

그의 한마디에 얼마나 깊은 고민이 담겨 있는지.

미세하게 떨리고 있는 차은수의 목소리가 증명하고 있었다.

데뷔 조 멤버들 중에서도 상운을 가장 아낀 게 바로 차은수였으니까.

"상운이는… 자고 있지."

너무도 깊은 잠에 빠진 상운.

마지막으로 목소리를 들은 지가 언제인지 기억도 나지 않는다.

상준은 쓸쓸한 미소를 지으며 고개를 들었다.

"그러지 않아도……. 내일 스케줄 끝나면 찾아가려고."

쉴 틈 없이 바쁜 나머지 시간이 나질 않았지만, 그럼에도 가야 했다.

'기다리고 있을 테니까.'

그토록 이루고 싶었던 꿈에 한 발자국 다가섰다고.

'모닝콜'의 첫 소절을 불러주며 말하고 싶었다.

"후우."

사실 상운이 있는 병실에 찾아가는 것조차도 부끄러운 순간이 있었다.

아무런 성과도 내고 있지 못한 게 너무 미안해서.

'좋은 형은 아니었으니까.'

데뷔를 하게 된다면.

그래서 조금은 떳떳한 형이 되게 된다면.

그때, 비로소 당당하게 찾아가고 싶다고.

'이제 때가 됐네.'

상준은 흐릿한 미소를 지으며 차은수에게 말을 던졌다.

"나중에 한번 찾아오고."

"그래야지."

차은수는 도영의 어깨를 툭 치고는 피식 웃었다.

굳어져 있던 분위기를 풀고자, 은수가 부드럽게 말을 돌렸다.

"얘가 엄청 까불지?"

"그러엄. 너 닮았더라."

"에이, 그건 기분 나쁘지."

차은수가 인상을 찌푸리며 말을 뱉자마자, 도영이 길길이 뛴다.

차은수는 혀를 차며 상준에게 시선을 돌렸다.

탑보이즈의 첫 데뷔앨범, 그중에서도 타이틀곡은 예상을 뛰어넘는 좋은 성적을 거두고 있었다.

"벌써 38위던데?"

"대박이지."

57위에 이어서 쭉 오르고 있는 순위.

상준은 흡족한 표정으로 웃어 보였다.

신인으로서 그게 얼마나 대단한 일인지를 아니까.

'마음속에서 바라던 건 그 이상이었지만.'

멤버들과 함께 당당히 모든 음악방송에서 러브 콜을 받을 수 있는 아이돌이 되는 것.

'야망이라고 할 수도 있겠지만.'

지금으로선 그랬다.

더 큰 꿈을 바라보는 사람이 더 빨리 성장하듯이.

적어도 다음 앨범에서만큼은 그 기록을 꼭 깨고 말 거라고.

상준은 다짐하며 차은수를 응시했다.

차은수는 고개를 끄덕이며 말을 이었다.

"벌써 38위면……. 엄청나지, 진짜. 방송 타면 20위까지도 오를 거 같은데."

"그러면 좋고."

상준이 얼마나 열심히 노력했는지, 수없이 전해 들은 사람으로서.

차은수는 그를 응원했다.

"다음 앨범은 더 대박 날 거야. 막 1위 그렇게 찍는 거 아냐?"

"크으, 1위. 생각만 해도 좋다."

상준은 기분 좋게 김칫국을 마시며 고개를 들었다.

우스갯소리처럼 주고받던 말.

그때만 해도 몰랐다.

어떤 해프닝이 그들을 기다리고 있는지.

∗   ∗   ∗

삐— 삐삐……

고요한 가운데 기계음만 울려 퍼지는 병실.

상준은 조심스럽게 발을 내디뎠다.

어제 찾아오려고 했는데, 사흘이나 지나서 왔다.

'정말 바빴으니까.'

시간을 내고 싶어도 빈틈이 없는 스케줄. 하루에도 서너 개 가까이 있는 스케줄을 소화하다 보니, 사흘이 지나서야 간신히 시간을 비울 수 있었다.

"야."

무거운 공기가 짓누르는 병실을 거슬러 상운에게 다가갔다.

오랜만에 마주하는 얼굴.

홀로 다른 시간을 살아가는 걸까.

상운의 얼굴은 기억 속 모습 그대로였다.

"......"

무슨 말을 하든 들을 거라고 기대하지도 않았지만, 상준은 짐을 내려놓으며 입을 열었다.

"잘 지내는지 모르겠다."

"......"

"나 말고 너. 말 안 하고 그렇게 누워만 있으니 알 길이 있나."

들리지 않을 투정을 괜히 부려본다.

한없이 평온한 듯한 얼굴.

우주 어딘가를 헤매고 있을 법한 담담한 얼굴을, 상준은 한참이나 내려다보았다.

"나 데뷔했어."

끝내 전하고 싶었던 한마디.

상준은 부드러운 미소를 지으며 말을 이었다.

"노래 한번 들어봐. 끝내주게 잘 뽑았으니까."

툭.

테이블의 장식용 과일 바구니 옆에 휴대전화를 내려놓은 상준이, 곧바로 '모닝콜'을 재생한다. 고요한 분위기에 어울리는 기타 소리.

창틈에서 새어 들어오는 햇살처럼 따스한 노래가 병실 가득 울려 퍼진다.

"내가 작곡한 노래야."

평상시에는 부리지 않았던 자랑도 괜히 부려본다.

상준은 어깨를 으쓱이며 말을 뱉었다.

들으면 들을수록 기분이 좋아지는 노래.

어느덧 상운의 옆에서 부드럽게 리듬을 타던 상준이 눈을 감았다.

"네가 이 노래를 들으면 참 좋을 텐데."

맨날 투닥거리며 싸우긴 했어도.

지금 이 상황을 누구보다 기뻐해 줄 상운이었다.

상준은 자꾸만 붉어지는 눈시울을 감추며 고개를 들었다.

"아. 곧 있으면 여름인데."

"……."

"넌 언제 일어나냐고."

자꾸만 속절없이 흐르는 시간 앞에서, 상운은 마냥 안타까웠다.

사실 가망이 없다는 걸 알면서도 이렇게 지켜만 보고 있는 게 너무도 미안해서.

목이 메어오는 탓에, 떨리는 목소리가 울려 퍼진다.

"억울하지도 않냐. 이제 너도 일어나야지."

"……."

"그렇게 누워서 10대를 다 날려먹는 멍청한 놈이 어딨어."

1년 반이 넘는 시간이 흘러 버렸다.

상운과 동갑인 도영을 볼 때마다 마음 한 구석이 쓰려왔다.

상준은 애써 담담한 표정으로 자리에서 일어났다.

"노래 듣고 있어. 모닝콜이니까, 이거 듣고 빨리 좀 깨라."

1시간 자동 재생을 맞춰놓고선, 상준은 슬픈 미소를 지으며 일어났다.

드르륵.

쓸쓸하게 문을 나서는 상준의 뒤로.

부드러운 노랫소리가 병실에 울려 퍼진다.

내 얘기를 들어볼래
I wanna hear your voice

그 순간, 잠깐이었을까.
"……"
미동도 없던 상운의 손가락이 까닥인 것 같았다.

＊　　　　＊　　　　＊

"미쳤어! 정말 미친 거 아냐?"
"이거… 진짜 맞죠?"
"아니, 말이 되냐고."
웅성대는 소리.
상준은 의아한 표정으로 복도를 지나쳤다.
병문안을 다녀오고 나서 이제 막 도착한 참인데, 복도에서부터 이렇게 시끄러운 걸 보면.
'무슨 일이라도 일어난 건가.'
상준은 걱정스러운 낯빛으로 발걸음을 재촉했다.
말소리가 들려온 것은 복도의 끝에 있는 연습실.
가까이 다가서니 흩어지던 목소리도 선명해진다.
"상준이는 언제 오는 건데?"
"얘 지금 전화도 안 받고."

"빨리 와야 하는데, 지금."

아?

귀에 익숙한 목소리.

유지연 선생과 조승현 실장이 주고받는 대화에, 자신의 이름이 실려 온다.

'뭔 일이지?'

갑작스레 들려오는 자신의 이름에, 상준은 과감하게 문을 열어젖혔다.

조승현 실장의 허락을 받고 잠시 병원에 들르고 오는 길이긴 했지만.

문을 열자마자, 유지연 선생의 말소리가 다급하게 울려 퍼진다.

"상준아! 상준아!"

"네… 네?"

흥분한 듯 붉어진 얼굴.

상준이 영문을 모르겠다는 표정으로 올려다보자.

조승현 실장이 놀란 눈으로 말을 던졌다.

"아니, 어디 갔다가 이제 온 거야?"

"아, 그게……."

"전화는 또 왜 안 받고."

전화는…….

'아, 맞다.'

1시간 자동 재생을 맞춰놓는 바람에, 고스란히 휴대전화를 병실에 놔두고 왔다.

상준은 머리를 쥐어박으며 고개를 숙였다.

"아, 전화 두고 와서. 죄송합니다."

"아니, 지금 죄송할 게 문제가 아니라."

상준은 의아한 얼굴로 조승현 실장을 돌아보았다.

그가 저토록 재촉하는 모습을 본 적이 거의 없었는데.

조승현 실장은 상준이 봤던 그 어떤 때보다도 잔뜩 흥분한 기색이었다.

"어서 멤버들 있는 대로 가봐. 어서!"

화가 나서인가. 아니다.

조승현 실장의 얼굴에는 미세한 희열이 숨어 있었다.

일단 사고를 친 건 아닌 모양인데.

'설마.'

상준은 다급히 멤버들이 있는 곳으로 향했다.

"와아아아!"

"미친 거 아니냐고!"

아까부터 떠들썩하게 함성을 질러대던 목소리.

황급히 뛰어서 옆방의 문을 열어젖힌 상준은 그대로 멈춰 섰다.

희열에 찬 멤버들. 그리고 그들이 응시하고 있는 화면.

"상준이 형! 아니, 왜 이제 와. 어서, 이거 봐봐. 이거!"

조승현 실장 못지않게 흥분한 도영이 상준을 떠밀었다.

엉겁결에 떠밀려 화면을 돌아본 순간,

상준의 입에서도 탄성이 튀어나왔다.

"어……?"

어제부터 줄곧 새로고침 하던 뮤직 차트의 화면.

그 상단에 박혀 있는 익숙한 이름.

탑보이즈 「모닝콜」.

지금 이게 꿈이 아니라면.

제대로 보고 있는 게 맞다면.

상준은 옷소매로 눈을 비비며 떨리는 목소리를 뱉어냈다.

"이게 무슨……"

그런 상준을 자각하게 하는 목소리.

"10등이라고! 우리 지금 10위 안에 들었다고!"

믿기지 않는 한마디가 도영의 입에서 튀어나왔다.

『탑스타의 재능 서고』 3권에 계속…